VIDAS
MEMÓRIAS E AMIZADES

EDIÇÃO
ELDORADO/EME

WILSON GARCIA

VIDAS
MEMÓRIAS E AMIZADES

Capivari-SP
— 2009 —

Vidas - Memórias e Amizades
Wilson Garcia

1ª edição – novembro/2009 – 2.000 exemplares

Capa e projeto gráfico:
Wilson Garcia

Nova Ortografia:
*Livro revisado de acordo com o
Novo Acordo Ortográfico da Língua Portuguesa.*

──────────── Ficha Catalográfica ────────────

Garcia, Wilson.
Vidas - Memórias e Amizades - Wilson Garcia, 1ª edição novembro/2009, Coedição Editora EME e Editora Eldorado, Capivari, SP.
200 p.
1. Mensagens, Estudos e Análises Espíritas.
2. Biografias, comentários e fatos sobre o movimento espírita.

CDD 133.9

Para

Raymundo Rodrigues Espelho
Cirso Santiago
Wilson Francisco

pela partilha, por catorze anos, do *Correio Fraterno do ABC*.

SUMÁRIO

Apresentação, 11

Hélio Rossi, 15

Deolindo Amorim, 33

Aluysio Palhares, 55

Hamilton Saraiva, 71

Antonio Lucena, 87

Valentim Lorenzetti, 101

Paulo Alves Godoy, 111

Carlos Jordão da Silva, 121

Eduardo Carvalho Monteiro, 131

Jorge Rizzini, 149

Ary Lex, 187

Referências bibliográficas, 197

Obras do autor, 199

Apresentação

La Fontaine, reconhecido como o pai da fábula moderna, queria viver a qualquer preço. "Que me torne impotente" – assevera – "estropiado, gotoso, maneta, conquanto que eu viva: é o bastante, dou-me por satisfeito".

Já o cético Montaigne demonstra sua estranheza exatamente a pessoas como La Fontaine, dizendo: "Os homens têm tal apego à própria miserável vida que aceitam as mais duras condições para conservá-la".

Miseráveis ou ditosas as vidas são. Comumente, apresentam as duas situações. Compreensível. Os conflitos permeiam as relações humanas e a intimidade dos seres, colorindo seus caminhos e escrevendo suas histórias.

Vive-se com prazer, de prazeres, ideais e esperanças. Grandes, pequenos, não importa. Por instinto ou consciência a vida se quer e se quer para manter. Mesmo quando faltam horizontes, a vida solicita ser, ficar, permanecer. E é preciso.

Não seja somente por instinto que a vida se mantenha;

seja também por ser vida, coisa que por si mesmo justifica. Afinal, tudo se justifica quando a vida solicita permanecer.

Entre La Fontaine e Montaigne não há distância considerável. A diferença se resume a saber que ambos viveram, viviam, eram. Ao primeiro, o ceticismo, por si mesmo incapaz de eliminar a vida; ao segundo o desejo, incapaz de mantê-la na duração física dos séculos. Entre eles a realidade indiscutível de a vida existir para além dela mesma, deles, de todos e... por todos.

Vejo-a a todo instante, escapando aqui, começando ali e sem jamais se esvair. Vejo-a na distância, nos registros orais, na flor que se desprende e cai, na água que escorre. Vejo-a a não existir mais e sempre presente.

Vejo a vida nos amigos que se foram, mas continuam aqui. Registro-os por segundos mínimos, a falar às vezes de horas infindas. Eles se foram porque a vida solicitou, mas a vida os mantém lá mesmo onde ela continua.

Não os biografo, relembro. Parecem-me próximos naquilo que a memória consegue liberar, e distantes no que concerne ao pensamento. Ainda assim, não trato apenas das folhas soltas, nem das virtudes, nem dos conflitos naturais que permearam seus caminhos e suas intimidades quase indevassáveis.

Trato de homens no seu sentido humano. Seres que pisaram o solo e se equilibraram de acordo com a solidez da terra. Superaram obstáculos e derraparam às vezes, indo de encontro aos muros da ilusão. Imaginaram, sonharam, viveram o mundo real do imaginário ou das coisas ditas concretas.

Não lhes pergunto se continuam os sonhos alimentados aqui, mas imagino que estão em momento importante de reavaliação. Penso-os como conhecedores teóricos dessa nova realidade que foram habitar e os traço como aqui se mostraram a mim. O conhecimento que reestruturou seus projetos de vida contém a dose necessária de informação sobre o momento pós-vida de alguns, conhecido como além.

Imagino-os lá, mas permaneço com o que foram aqui. Lá continua sendo o futuro em realização, encoberto por uma tênue mas suficiente neblina a turvar nossa visão. Pode ser que haja coisas para além do que já foi dito. Deve, sim, haver.

Acredito que a revisão leve à reflexão e redirecione a vida. Acima de tudo, porém, está presente ela, a vida.

Não me pedem eles que altere a percepção; nada pedem, de fato. Vejo-os apenas observando, silenciosos, reflexivos. Sabem que meus apontamentos não são dirigidos a eles, mas aos que ainda continuam por aqui, na singela pretensão de não deixar morrer os fatos que tornaram suas vidas físicas no planeta o livro a ser lido.

Escrevo e espero, apenas isso.

HÉLIO ROSSI

A independência de pensamentos é a mais nobre das aristocracias.

Anatole France

FLUTUAÇÕES E RUMOS

Quando lhe perguntaram, em tom de crítica, pelo fato de pintar os cabelos, Hélio Rossi não se conteve: pinto-os porque gosto e não devo satisfação a ninguém. Um pouco mais calmo, explicou: as pessoas não têm memória e não se lembram de você senão da última vez que lhe viram.

Hélio era assim, irreverente, irônico e lírico. Cultivava a franqueza, trajava-se sempre com apuro e escrevia de poesia a crônicas e reportagens. Conheci-o em 1975 através de sua filha, Mara, depois que fui trabalhar no antigo Sistema Financeiro BCN. Mara exercia ali a função de desenhista e manejava com maestria o normógrafo.

Foi Mara que levou ao Rossi o meu pedido para um encontro. E foi também ela que trouxe do pai o convite para tomarmos uma sopa de início de noite em sua residência da Vila Sônia, na capital paulista.

A sopa foi mero pretexto; Rossi queria conhecer minha opinião sobre algumas questões espíritas e, sem nada dizer, preparou o terreno. Mantinha ele em um cômodo nos fundos de sua casa um trabalho espírita frequentado por um pequeno mas seleto grupo de pessoas, constituído por professores e intelectuais. Quando terminamos o jantar, Rossi conduziu-me ao local, onde já se encontravam alguns dos participantes.

Pontualmente às dezenove horas e trinta minutos deu ele início à sessão e apresentou-me o seu grupo, pessoa por pessoa. Ali ficamos até o encerramento, às vinte e uma horas, em discussões interessantes acerca da mediunidade e sua prática.

Naquele dia, ressurgiu a amizade. Esquecida por conta das novas condições físicas em que cada um se situava, a afinidade mostrou-se imediata e duradoura. Rossi escrevia para diversos jornais espíritas e sua crônica tinha conteúdo e estilo próprio. O português apurado era enriquecido por expressões brilhantes e palavras raras. Era sua marca e ele fazia questão de mantê-la, mesmo diante das críticas que às vezes apontavam para as dificuldades de entendimento do texto.

Era também metódico, no sentido lato do termo: disciplinado, com um senso de responsabilidade que ultrapassava as fronteiras do próprio ser e estendia-se como exigência aos que o rodeavam. Não se permitia e a nenhum dos seus amigos e familiares tergiversar sobre algo que houvesse assumido. Horário, tarefas, fossem quais fossem os compromissos, grandes ou pequenos, estes deveriam ser cumpridos à risca.

A Rossi podia-se aplicar a assertiva evangélica: "quem não é fiel no pouco não será fiel no muito". Por isso, usava da franqueza em seus relacionamentos sociais.

Mas Rossi, é bom que se afirme desde já, era muito bem humorado, de um tipo de humor fino, irônico, que se revelava presente também nos seus escritos.

Quando sofreu o acidente que o levaria à viagem de retorno, carregava sob o braço uma pasta com documentos contábeis referentes à sua atividade como representante em São Paulo da Associação Brasileira de Jornalistas e Escritores Espíritas.

Rossi acabara de descer do ônibus. Deu a volta por trás e logo que se lançou a atravessar a avenida próxima de sua residência foi colhido por um veículo que vinha em sentido contrário. Rossi agarrou-se na pasta e só foi soltá-la depois de socorrido, entregando-a a seus familiares com a incumbência de fazê-la chegar ao seu destino. Naquele mesmo dia viria a desencarnar.

A família incumbiu-me de dizer algumas palavras à beira de seu túmulo. Espírita desde jovem, tinha parentes próximos extremamente ligados à cúpula da Igreja Católica, de modo que o velório acabou revelando os contrastes entre as duas doutrinas.

Em 1982, depois de aprovada a indicação do Estado de São Paulo para sede de IX Congresso Brasileiro de Jornalistas e Escritores Espíritas (Conbrajee), tendo em vista minha atribuição na segunda vice-presidência da Associação Brasileira de Jornalistas e Escritores Espíritas (Abrajee), convidei o Hélio para assumir a representação da associação em São Paulo e coordenar a comissão organizadora do evento. Como se sabe, a sede estava localizada, então, na cidade do Rio de Janeiro.

Rossi prontamente aceitou e deu início às suas atividades. Desde cedo, começou a enfrentar a oposição de um grupo que o queria substituído por outro companheiro, mas não se abalou. Seu desafio maior, naquele momento, era conduzir a organização do próximo congresso, inicialmente marcado para 1985.

Formamos uma comissão organizadora, encabeçada pelo Rossi e integrada por outros companheiros, como Eduardo Carvalho Monteiro, a escritora Helena Maurício Craveiro e outros mais.

Rossi a tudo acompanhava de perto. Quando assumimos, Eduardo e eu, o desafio de preparar a biografia do velho espírita Cairbar Schutel, patrono do congresso, para ser lançada durante o evento, Rossi nos acompanhou em diversas visitas que fizemos à sede da Editora O Clarim, em Matão, com vistas a obter documentos e informações.

Hélio, além de participar das conversas sobre o trabalho, assumiu espontaneamente a responsabilidade de inventariar todos os documentos e livros que foram disponibilizados pelos diretores da Editora. De modo que deixou uma cópia do documento nos arquivos da Editora, para que nada fosse esquecido ou desviado.

Uma parte da imprensa de São Paulo, mais especificamente, o *Jornal Espírita*, por seu editor na época em que era publicado pela Editora LAKE, centralizou as críticas ao Hélio e ao congresso que se avizinhava. Lançava-se no ar a desconfiança sobre a realização do evento e à sua qualidade enquanto espaço público de discussão do Espiritismo.

Rossi dizia que não se deveria perder tempo com tais críticas, porque seu escopo maior era desestabilizar a organização do congresso por conta apenas do interesse político de um grupo. Acreditava ele que o interesse maior deveria prevalecer e isto ficaria claro com o passar do tempo.

Tinha razão, mas a persistência do Jornal Espírita ocasionou prejuízos consideráveis ao congresso, principalmente quanto ao número de participantes. O congresso alcançou suas metas com a programação de nada menos do que cinquenta e seis palestrantes, entre participantes de mesas redondas, painéis e workshops. Estiveram presentes representações de dezessete estados brasileiros, incluída a capital federal e a diversidade de pessoas refletiu-se, também, na diversidade de temas, com ampla liberdade de expressão de pensamento e opinião.

Mesmo postando-se de forma crítica ao congresso, a equipe do *Jornal Espírita* foi incluída entre os participantes dos painéis e foi representada por seu editor, de forma a não deixar que uma parcela importante da opinião pública estivesse ausente do evento, mesmo sabendo-se de sua condição de oposição, porque é preciso considerar que os espíritas devem aprender a conviver com os opostos, senão porque não se pode desconsiderá--los, mas pela importância que eles possuem para o progresso das ideias.

Seis meses antes do congresso, Rossi adoeceu e afastou-se da coordenação. Foi preciso substituí-lo e para tanto convidei ao Jorge Rizzini, que solicitou alguns dias para pensar e acabou recusando o convite. A proximidade do evento, marcado afinal para abril de 1986, levou-me a assumir a coordenação da comissão. E como já deixei registrado em outras ocasiões, não fosse o empenho da equipe de colaboradores, entre eles Hamilton Saraiva e Eduardo Carvalho Monteiro, o evento não alcançaria o destaque que obteve.

Quando o congresso foi instalado, num esforço muito grande, Rossi fez questão de estar presente na cerimônia de abertura, para, enfim, retomar o seu posto de representante da Abrajee após o evento. Sua partida no mesmo dia do acidente, poucos meses depois, surpreendeu a muitos e deixou-me uma saudade grande.

REENCARNAÇÃO E MEDIUNIDADE, SEU INTERESSE

Hélio Rossi tinha um interesse especial pela mediunidade e isso, creio, se desenvolveu a partir das primeiras experiências mediúnicas de que participou, depois que se instalou nele uma doença que o levaria, quase, à cegueira. As marcas dessa doença podiam ser constatadas pelas imensas dificuldades de visão que ele apresentava já na idade mais avançada.

Seu grupo familiar se aplicou no estudo do tema e em suas práticas. Rossi escreveu diversas matérias jornalísticas a este respeito, além de realizar inúmeras palestras. Foi assíduo colaborador do jornal *Correio Fraterno do ABC*, onde sempre que precisei tive sua presença. Foi dele o prefácio do primeiro livro psicografado por Dora Incontri publicado pela Editora Correio Fraterno do ABC, de título *Imortais da Poesia*.

Revirando as páginas da Internet, dou de cara com um dos muitos artigos que Rossi escreveu sobre a mediunidade. Está ele reproduzido em dois endereços, mas vale a pena registrá-lo aqui também, a fim de que possa alcançar, ainda hoje, novos destinos. Vejamos.

UM RELÓGIO POR UMA OBSESSÃO
   (Um Caso Verídico)

Por ser verídica esta narrativa é de nosso dever suprimir os nomes dos implicados neste acontecimento inusitado, de intrincada trama, não se sabendo de caso igual nos anais do Espiritismo. Embora os partícipes do caso tenham concordado em sua publicação, condicionaram-na a um único compromisso: não citar seus nomes, exceto os de João e Joãozinho que são as pessoas envolvidas no original episódio.

Pelas mãos de um membro da nossa casa espírita foi-nos trazido certo senhor, maduro em idade, de tez trigueira, alto, forte, em cujas faces estava estampado o abatimento proveniente de implacável obsessão a encaminhar-se para um estágio de possessão absoluta, à maneira das alienações de terceiro grau, onde o jungido padece da mais cruenta dementação induzida por espíritos perturbados. Mau grado o interesse em socorrê-lo, os trabalhos daquela noite não se destinavam ao atendimento de obsedados, por tratar-se de sessão pública de estudo doutrinário; por isso pedimos o retorno do paciente no dia próprio, sem embargo da sua permanência à reunião, já que estava presente à mesma.

Tudo transcorreu, normalmente, na parte de estudo e, findo esse período, passamos às comunicações mediúnicas dirigidas no sentido das exortações fraternas e moralizadoras, sempre processadas com absoluta calma e benfazejas instruções, o que, naquela noite, não estava predestinado a acontecer, pois, mal se iniciara a ser parte da sessão, um dos nossos medianeiros foi vivamente incorporado por uma entidade estranha à natureza pacífica dos trabalhos e deixando-se envolver de inopino o citado médium, acionado pela vontade do espírito, ergue a destra na direção do visitante e esboçando um gesto de quem se serve das mãos para amaldiçoar, exclama colérico:

— Maldito, dá o meu relógio!

— Ladrão infame, tiraste-me do pulso o relógio que comprei para meu filho!

— Dá esse relógio que é meu! meu! ! meu!!!

Diante da ira e dos gritos da entidade manifestante apressamo-nos em serenar-lhe o ânimo, bem como as imprecações moderando-lhe a palavra e atraindo sua atenção para a realidade de sua presença numa sessão mediúnica espírita-cristã, fato esse de que o espírito ainda não dera conta, dada sua profunda perturbação.

Levado pelo pertinaz desejo de subtrair o relógio de pulso do visitante obsedado, a muito custo conseguimos acalmar a entidade comunicante, que ainda mantinha erguida a mão do médium na direção do robusto homem de pele morena, recém-chegado à nossa casa, na tentativa de curar-se de acentuada obsessão.

Aos poucos, fomos induzindo o espírito comunicante a compreender seu novo estado de vida, fazendo-lhe sentir a necessidade de preparar-se para um novo esquema vivencial, no plano da espiritualidade, de sorte a encaminhá-lo às regiões de refazimento perispiritual, onde não só seria aliviado das sugestões da matéria, como também, seria instruído acerca dos novos propósitos da vida além-túmulo, realidade essa de que ele se achava completamente alheio. Em meio da nossa doutrinação, o comunicante divisou o seu mentor a encorajá-lo na renúncia das coisas do mundo físico, exortando-o sobre a inutilidade de um relógio de pulso em sua atual condição de vida. O espírito foi acedendo aos conselhos e às provas que lhe dava o mentor e, logo depois, pediu licença para dirigir-se ao senhor que visitava o nosso Centro e que era sua vítima de pressão obsessória por muitos anos. Concedida a licença o espírito disse ao visitante:

— Perdoa-me pelos anos de tormenta que a ti tenho causado!

— Agora, deverei partir para um lugar diferente, segundo me diz o espírito mentor que tenho ao meu lado.

Acalmado e dialogando com clareza, pudemos estabelecer entendimentos com o obsessor e, então, lhe perguntamos se seria possível conhecermos os fatos relacionados ao tão ambicionado relógio de pulso. Recebendo do mentor a permissão para contar-nos o caso, assim se expressou o espírito:

A COMPRA DO RELÓGIO

Estávamos no ano de 1950 – disse ele – eu e minha pequena família constituída de mulher e um filho a quem chamávamos de Joãozinho, diminutivo do meu próprio nome; nessa época, tínhamos como residência pequeno humilde quarto e cozinha no bairro de Bela Vista, precisamente à rua Conselheiro Carrão. Durante o dia, eu trabalhava como oficial de alfaiate e nas noites de quintas, sábados e domingos tocava trombone-de-vara em modestos bailes públicos, trabalho que me permitia levantar alguns magros cruzeirinhos extras para o penoso sustento de minha humilde família.

Meu coração vivia transbordando de piedade pela pobreza suportada pelos meus familiares, especialmente o nosso dócil e obediente Joãozinho, que naquele frio mês de junho completaria 14 anos de idade.

Durante três meses, com a supressão de toda a mistura e frutas após o almoço e o jantar, fui amealhando modesta importância que se somava à economia que minha esposa fazia em todos os demais setores da nossa vida; assim conseguimos ajuntar o suficiente para comprar um lindo relógio de pulso para o nosso querido filho. Meu pequeno rapaz que, também, auxiliava na manutenção do lar, jamais reclamou para si nada do pouco que ganhava como estafeta da telegráfica Western, e como eu na minha infância, desejava por um relógio de pulso, sonho que eu nunca pude realizar; por isso eu e minha esposa nos empenhamos de corpo e alma no sentido da aquisição do cronômetro para presentear nosso humilde rapaz no dia de seu aniversário, em 24 de junho de ... 1950.

Juntando todo dinheirinho economizado, numa manhã de sábado, durante o intervalo de almoço na alfaiataria, fui até a relojoaria e comprei o tão desejado relógio de pulso. Tratava-se de um Cyma, modelo retangular com graciosa caixa folheada a ouro, acompanhado de belíssima pulseira de couro preto com fivela de metal amarelo. Como eu mesmo sempre desejara um relógio assim em toda a minha vida coloquei-o no próprio pulso onde resolvi deixar até levá-lo ao gravador a fim de inserir nas costas da caixa de aço a seguinte dedicatória: Do João pai para o Joãozinho filho – 24 de junho de 1950.

Feita a gravação, recoloquei-o no pulso e chegando à oficina de costura os companheiros de trabalho se maravilharam do relógio, que sem nenhum favor, era bonito de verdade.

Naquele sábado, depois de um exaustivo trabalho na alfaiataria, ainda me esperava um longo turno de atividade, quando iria, à noite, tocar meu trombone de vara até às 4 da madrugada. Só depois disto é que eu iria para casa e na manhã do domingo seguinte pensava em surpreender meu dócil rapaz, prendendo o relógio em seu pulso, enquanto ainda estivesse a dormir. Ao pensar nessa brincadeira, sorria comigo mesmo, imaginando a alegria de que seria, possuído o Joãozinho, quando desse conta do relógio em seu pulso. Pensava nele metido em sua farda de mensageiro da Western, portando o cintilante relógio de pulso, folheado a ouro, apresilhado por vistosa correia preta de cromo, abotoada pela linda fivela de metal dourado . . .

Com todos estes pensamentos na cabeça saí da alfaiataria, quando já noite fechada, rumando para o salão de baile situado na rua Quintino Bocaiúva. Ao começar o meu trabalho alguns companheiros de orquestra viram o relógio novo e teceram pilhérias sem maldades, concordando todos na beleza daquela peça que ao saberem destinada ao meu filho aniversariante, combinaram surpreenderem-me, tocando, horas depois, no intervalo de uma dança, um trechinho do "parabéns prá você", dedicada ao Joãozinho. Houve abraços e risos e continuamos noite a dentro cumprindo nossa função de musicista e só fomos parar às 4 da manhã, ao encerrar-se o baile público que na boca do povo era chamado de "gafieira".

Embuçado em meu sobretudo de gabardine, sobracei o enorme estojo do trombone de vara e, despedindo-me, rapidamente, dos companheiros, mergulhei na cerrada bruma da noite invernal, percorrendo a pé o trajeto, já que, naquela hora da madrugada, não havia nem ônibus, nem bonde, trafegando pela cidade.

ERAM 4 HS. DA MANHÃ. AÍ...

    Caminhando rápido para esquentar o corpo, enveredei pela avenida Brigadeiro Luiz Antonio, na qual eu era o único pedestre perdido na madrugada, levando no peito um coração cheio de gozo pelo presente que portava ao meu filho. Por vezes, olhava o relógio, para certificar-me de sua beleza e funcionamento, levando-o ao ouvido para perceber o tique-taque de sua máquina completamente nova, da qual, ao final de cada batida, escapava um doce timbre de coisa nova.
    Todo enlevado com o relógio, quando dei por mim já alcançava os limites da rua Conselheiro Carrão, num rápido caminhar de pouco mais de um quarto de hora.
    Chegando à esquina da avenida com a rua em que morava, um súbito e desconhecido mal-estar apossou-se de mim. Num átimo quis reagir à frouxidão que tomara conta de minhas pernas, ao mesmo tempo em que minha cabeça era invadida por incontrolável torpor. Caí desamparado ao chão frio e poeirento da rua e ao baque do estojo do meu trombone de vara seguiu-se a queda abafada do meu corpo. Passou-me pelo pensamento a possibilidade de ter sido vítima daquele mal cardíaco atestado pelos médicos do Instituto de Aposentadoria, cujo diagnóstico fora dado como aneurisma da coronária, se bem que desconhecesse em que consistia a tal doença e dela sempre procurei esquecer porque pobre não pode andar pensando em doença.
    O fato é que depois da queda perdi o domínio do meu corpo, pois, apesar de ver-me estirado na calçada, sentia-me completamente vivo e agora muito mais preocupado com o relógio cuja pressão ainda sentia no meu pulso.

Quis continuar a caminhada, porém, só uma parte de mim mesmo é que fazia isto. A outra continuava estendida no chão e nela se achava o precioso relógio de pulso com o qual eu desejava chegar em casa para dá-lo ao meu filho.

Percebi que de nada adiantava a firme vontade de continuar a minha caminhada, portanto, deixei-me ficar caído na calçada, agora cercado por quatro homens desembarcados de uma perua preta, que se deram ao trabalho de recolher a caixa de trombone esparramada na rua, documento, dinheiro e pertences do meu bolso. Havia um homem para despojar-me das coisas e outro para recolhê-las, guardando-as numa caixa de aço. De repente, o usurpador tomando o pulso do meu corpo inerte, despojou-o do reluzente relógio de pulso e ao invés de passá-lo como fez com os demais objetos, escondeu-o, sorrateiramente, no bolso de seu casaco e olhando, maliciosamente, para seu companheiro de lides policiais, disse, enfaticamente

— Isto não entra.

— Vou embrulhá-lo para presente ...

Assim tomou para si o relógio destinado ao pequeno e meigo Joãozinho, adquirido com tantos sacrifícios.

A VINGANÇA, A OBSESSÃO...

Violenta revolta apossou-se de mim e não sei por quanto tempo venho seguindo esse homem para reapossar-me do relógio. Há certo tempo, acercaram-se de mim dois tipos estranhos dispostos a ensinar-me como vingar-me daquele insolente apossador das coisas alheias. Movido pela revolta fui pondo em prática tudo quanto me ensinaram, cuja técnica consistia em visar região suprarrenal e a cabeça daquela criatura, despejando cargas magnéticas que aprendi extrair do meu estado de ódio transformando-as em verdadeiros tentáculos elétricos a enredar-lhe o sistema nervoso mental.

Há quanto tempo estou nisto, nem sei ... O fato é que quando me disponho a abandonar a empreitada vingativa, esses dois seres estranhos procuram-me para reestimular meus propósitos, dando-me ajuda e ânimo para continuar a agressão.

Para assombro de quantos se achavam na sala de reuniões, o espírito comunicante levantando o dedo indicador, mostrava o relógio que se achava no pulso do senhor alto, moreno, trigueiro, nesta hora todo banhado em lágrimas, numa comprovação sem palavras das coisas referidas pela entidade.

Como soe acontecer nesses casos, tratamos de acalmar o espírito, dando-lhe notícia de seu trespasse e das novas obrigações ante o fato; fazendo-lhe ver que não nos achávamos mais em 1.950 e sim em 1.975. A revelação desses pormenores emocionou sobremaneira a entidade, agora ajudada por espíritos socorristas e disposta a abandonar os objetivos de vingança.

Com a voz embargada, o senhor que nos visitava pediu licença para dirigir-se ao espírito comunicante e prometeu-lhe devolver ao seu filho o relógio que ele levianamente houvera arrebatado no tempo em que servia como funcionário da polícia, prestando-se ao socorro de pessoas caídas em vias públicas.

Diante do exposto, prometemos ao comunicante que, quando isto se desse, gostaríamos que ele se fizesse presente – isto se concordassem os espíritos mentores a fim de verificar o fim de um episódio tão penosamente suportado por ele na erraticidade, por 25 anos.

SÓ O AMOR CONSTRÓI...

A localização do filho do espírito comunicante foi feita pelo próprio ex-funcionário da polícia, e, portanto, a diligência não demorou mais que três dias. Ao encontrá-lo residindo no bairro da Mooca, foi pedida a minha particular ajuda no sentido de proceder à devolução do relógio.

Para surpresa geral, o então Joãozinho já era um chefe de família e tinha, como seu falecido pai, um único filho que também se chamava João, sendo tratado pelos seus pais, de Joãozinho, contando 13 para 14 anos, nessa ocasião.

Sem aludir à verdade dos fatos, tomei a palavra em lugar do ex-funcionário da polícia, nesta hora, profundamente arrependido e arrasado moralmente, e diante da esposa e do filho daquele que fora no passado a figura idolatrada de certo espírito, agora liberto das conturbações erráticas, modifiquei os fatos ocorridos para evitar desnecessário abatimento moral do nosso companheiro já bastante envergonhado, e passando, também por policial, disse àquela família que tendo sido recolhidos pela polícia os pertences do finado João, falecido em plena via pública, tinha se extraviado, acidentalmente, um relógio de pulso, que na ocasião deixara de ser entregue com os demais pertences à viúva, mas que, vínhamos fazê-lo agora aos seus legítimos herdeiros.

O nosso amável anfitrião fitou-nos entre surpreso e

exultante enquanto pedia a sua esposa que passasse um cafezinho para os "homens da polícia", dizendo-nos que o relógio iria para o pulso de seu filho, nesta hora postado à nossa frente a sorrir venturosamente pelo inesperado presente provindo de um avô que nem sequer conheceu. Antes de atá-lo ao pulso do novo Joãozinho, seu pai, filho do então espírito João, leu com ternura: "Do João pai ao Joãozinho filho – 24 de junho de 1950."

Nesta hora, uma verdadeira corrente fluídica foi percebida por mim enquanto me ocupava em ajudar o ex-funcionário da polícia a devolver um relógio de que injustamente se apossara, trocando sua paz por uma violenta obsessão. Algo estranho deveria ter sido percebido pelo policial, pois, neste instante punha-se a chorar copiosa e efusivamente.

Lembrei-me, na hora, da promessa feita ao espírito de João em fazer-se presente no ato de entrega do seu tão precioso relógio.

Nesse ínterim, a sua esposa adentrava a sala, portando a brasileiríssima bandeja trescalando aromático café. Enquanto nos ocupávamos de sorvê-lo, calmamente, o João, pai, retomou a palavra para dizer:

— ... Ainda se ouve dizer que não há gente honesta na polícia...

DEOLINDO AMORIM

O que mais precisamos na vida é de alguém que nos leve a realizar o que podemos fazer. Nisso reside a função de um amigo.

Emerson

CONTATOS E ABERTURAS

Ao término do VIII Congresso Brasileiro de Jornalistas e Escritores Espíritas, em Salvador, a plenária havia tomado duas decisões: aceitar o pedido da numerosa delegação de São Paulo para realizar o congresso seguinte na maior cidade do país e indicar para seu patrono a figura emblemática de Cairbar Schutel. Como se sabe, a admirável obra realizada por Schutel a partir de uma localidade quase desconhecida do interior paulista o projetara para além das fronteiras do país. A homenagem antecipadamente decidida era, pois, justíssima.

Quando, portanto, a natureza reclamou de Deolindo Amorim a devolução da parte do pó que lhe coubera na formação de seu corpo físico, em 1984, não houvesse sido tomada a decisão em Salvador, o patrono do congresso teria sido ele, Deolindo. Ambos, Deolindo e Schutel, tinham lugar certo na galeria virtual de grandes vultos do Espiritismo brasileiro, em igualdade de condições e posições, mas fora Deolindo o principal responsável pela introdução no país dos congressos espíritas e todos os que se realizaram sob a égide dos jornalistas e escritores, até então, contaram com sua destacada presença.

Cairbar, pode-se dizer, deu início a uma imprensa vibrante, útil, arrojada, no sentido da projeção social dos princípios espíritas e do combate às barreiras e posturas contrárias ao Espiritismo pelas religiões dominantes, o Catolicismo e o Protestantismo. A imprensa feita por Cairbar, na primeira metade do século XX, foi de uma pujança invejável.

Em 1939, quando Cairbar já havia deixado a vida terrena, coube a Deolindo capitanear um movimento que veio na direção de revigorar esta mesma imprensa e, já agora noutro sentido, responder às sérias ameaças que o Espiritismo enfrentava por parte de uma parcela considerável de grupos sociais contrários.

Um dos traços culturais motivo de estranhamento é a tendência à supervalorização das virtudes das pessoas grandemente admiradas. Em contrapartida, costuma-se, também, reduzir ao máximo os defeitos da personalidade, retirando-lhes os conflitos, o que muitas vezes transforma as pessoas em bonecos de cera de museu britânico.

Deolindo Amorim conquistou espontaneamente minha admiração muito cedo. Conheci-o, primeiramente, por correspondência. Escrevi-lhe e respondeu-me imediatamente. Era já dono de um conceito a poucos devido e embora fosse eu totalmente desconhecido, respondera-me com a consideração normalmente dispensada aos mais próximos.

Era 1974. Até sua partida se passariam dez anos, período que se pode dizer curto para o fortalecimento de uma grande amizade, mas em cujo transcurso ocorreriam entre nós numerosas e ricas experiências. Deolindo marcou-me de várias maneiras, e cada vez que me surpreendia acendia em mim uma luz de coloração diferente. A que mais me impressionou, registrou-se em meus arquivos mnemônicos com o nome de generosidade.

Jaci Regis assinala com muita propriedade alguns traços do caráter de Deolindo. Diz ele: "De personalidade serena e afetuosa, lutou incessantemente contra a corrupção do pensamento doutrinário e pelo entendimento da obra de Allan Kardec, sempre de forma elegante e independente".[1]

Elegância e independência. Sim, dois traços verdadeiramente presentes nele. O primeiro era às vezes confundido com fraqueza, pois vinha acompanhado de certa quantidade de paciência que podia exasperar os amantes das decisões rápidas. Mas a independência pode ser localizada em seus textos e falas e diz respeito à liberdade de pensamento e expressão que ele, sem a virilidade excessiva mas com firmeza, manteve coerentemente até o fim.

Esse período de convivência com Deolindo vai ter influência em várias das minhas atividades, como se verá. Na Federação Espírita do Estado de São Paulo, no jornal Correio Fraterno do ABC, nos congressos de jornalistas e escritores, em alguns dos livros que escrevi, nos conflitos decorrentes das atividades mediúnicas de Edson Queiroz e outros mais.

Deolindo jamais deixou de atender a qualquer dos

---

[1] Texto publicado no site Espiritnet.

pedidos que lhe fiz e quando nada pedi, espontaneamente colocou-se ao meu lado, dobrando comigo certas esquinas mal iluminadas, sem preocupação com os desdobramentos.

Diferentemente do que ocorreu entre mim e Jorge Rizzini, por exemplo, não tive a felicidade de desfrutar da intimidade de seu lar. Conheci sua esposa, Delta, de algumas ocasiões em que ela o acompanhava. Trocamos duas ou três palavras então. Após sua partida, reencontrei Delta em uma única ocasião, quando nos hospedamos na casa do Humberto Vasconcelos, em Recife, por ocasião do primeiro Congresso Brasileiro de Divulgadores do Espiritismo, em 1997. Ali, revelei-lhe o meu interesse em escrever sobre Deolindo.

Essas biolembranças de agora não contemplam tudo o que planejei para Deolindo. São registros, simples registros dos passos que demos, lado a lado. O desejo de escrever um livro sobre Deolindo sobrevive ainda na condição de projeto.

LIVROS, APROXIMAÇÕES E DISTANCIAMENTOS

Deolindo Amorim, assim como Herculano Pires, Jorge Rizzini e tantos outros era presença constante na imprensa espírita pujante da década de 1970, onde passei a atuar. Como jornalista, não podia eu ignorá-lo, mesmo se ingenuamente o desejasse.

Mas não lhe escrevi a primeira carta por isso. Antes, o motivo era um opúsculo que acabara de organizar e mandei imprimir na Gráfica Mestra, do meu amigo Eden Dutra, onde eu militava profissionalmente. Estávamos em fins de 1974. O Aluysio Palhares, diretor do Departamento Federativo da Federação Espírita do Estado de São Paulo, dera-me duas incumbências: coordenar o Setor Administrativo-Jurídico daquele departamento e levar à frente o projeto de um documento que fornecesse orientações aos centros espíritas, com vistas a reduzir os seus problemas com as instituições públicas.

Quando concluímos as pesquisas, havia material suficiente para um opúsculo. Depois de redigir o texto final e submetê-lo à revisão dos especialistas que colaboravam no setor, providenciei a edição do material com o título de "Administração Religiosa". A circulação do opúsculo, publicado em nome e a expensas do Departamento Federativo, causou enorme repercussão na Federação, como pode ser visto no capítulo sobre Aluysio Palhares.

Tomei a liberdade de encaminhar um exemplar para Deolindo Amorim, no Rio de Janeiro, com a solicitação de um parecer. Poucos dias depois, recebi pelo correio a carta com a resposta. Deolindo fez-me duas observações: considerou a importância das informações que estavam sendo disponibilizadas aos centros espíritas, mas condenou o título do opúsculo, em sua opinião inadequado para se referir ao Espiritismo como doutrina. Entendia ele, com muita razão, que a expressão "administração religiosa" colocava o Espiritismo entre as religiões constituídas, o que não era admissível.

Esta foi a primeira de muitas outras correspondências que trocamos. Outros dois livros, contudo, seriam objeto de nossos contatos. Vejamos.

Logo após lançar, em 1978, o livro *O Centro*

Espírita, encaminhei para Deolindo um exemplar. A experiência com o opúsculo anterior estava sendo agora ampliada e publicada de forma independente. A resposta não tardou. Entre outras coisas, disse-me Deolindo:

"Gostei da apresentação como também das matérias. Estou certo de que o seu trabalho vai ser muito útil, pois reúne elementos de consulta, hoje indispensáveis, principalmente nas zonas onde as sociedades estão mais afastadas das Federações e, por isso mesmo, sem meios de elucidação a respeito das obrigações fiscais, cada vez mais complicadas".

Deolindo tinha razão. A União das Sociedades Espíritas do Estado do Rio de Janeiro (USEERJ), através do seu presidente Paiva Melo, já havia disponibilizado material com informações semelhantes às do livro, embora este tratasse o assunto de forma mais abrangente, não se limitando apenas às informações sobre legislação e fundação de centros espíritas. Havia, também, o elo entre as obrigações legais e as doutrinárias.

Deolindo tinha conhecimento do interesse da USEERJ pelo tema e dos esforços desenvolvidos por Paiva Melo, seu presidente, para disponibilizar material sobre o assunto às associações espíritas ligadas àquela instituição. E compreendia que o tema era, de fato, da competência das federativas espíritas. Mas, então, nenhuma outra, além da Federação de São Paulo e da USEERJ no Rio de Janeiro, trabalhava o assunto de forma estruturada.

Alguns anos depois, entre tantas outras, vivi experiência muito interessante na periferia de Fortaleza, ao visitar um centro espírita simples, dirigido por uma senhora simpaticíssima. Ao receber-me na porta, disse-

-me em tom de agradecimento: seu livro me ajudou muito a organizar a nossa casa.

Mas Deolindo deu-me mais que um depoimento favorável. Demonstrou ter lido de fato o livro ao constatar um erro na data de nascimento de Allan Kardec, que eu grafara, equivocadamente, 4 de outubro e a revisão não observara. O certo, corrigiu ele, era 3 de outubro.

O respeito com que Deolindo era tratado pelo movimento espírita ficaria comprovado definitivamente para mim em um episódio mais à frente. A escritura do livro *O Corpo Fluídico* fora feita em meio a turbulências de diversas ordens.

Tudo teve início em uma visita que fiz ao Pedro Franco Barbosa, em sua residência no Rio de Janeiro. Conversávamos na sala sobre assuntos diversos, quando perguntei sobre sua opinião a respeito da obra *Allan Kardec*, que Francisco Thiesen e Zêus Wantuil haviam acabado de lançar os dois volumes restantes.

Pedro foi à sua escrivaninha e de lá retirou algumas páginas datilografadas, colocando-as em minhas mãos. Li com atenção a análise que fazia daquela obra. Observei, também, que Pedro não se referia a um ponto capital dos livros, ou seja, à defesa que os autores faziam de Jean Baptiste Roustaing e sua tese do corpo fluídico.

Questionei-lhe. Pedro declarou não estar disposto a entrar no assunto, embora fosse contrário àquela tese do corpo fluídico. Fiz-lhe, então, uma proposta, que ele, um tanto quanto surpreso, aceitou. O *Correio Fraterno do ABC* publicaria o trabalho em seu Suplemento Literário, acrescido de outro que eu mesmo prepararia com a análise da tese roustainguista. Desta forma, teríamos uma resenha mais abrangente dos três volumes.

41

Assim ocorreu, de fato. A matéria repercutiu amplamente no movimento espírita, inclusive na sede da Federação Espírita Brasileira. Francisco Thiesen, então presidente, demonstrou sua insatisfação pelo fato, considerando-se atingido moralmente.

Quando, pois, publiquei o livro *O Corpo Fluídico*, ampliando a abordagem do assunto, ocorreu uma espécie de silêncio geral. Embora a vendagem estivesse indo muito bem, as lideranças mais expressivas do espiritismo brasileiro, a quem eu encaminhara exemplares de cortesia, não se manifestavam sobre ele nem sobre o polêmico assunto.

Deolindo, para quem eu também enviara um exemplar, escreveu-me dizendo que o livro estava em sua mesa de trabalho, aguardando a vez. Mas não tardou a voltar ao assunto. E o fez na forma de uma análise da obra, detalhada e elogiosa, com autorização para publicação.

Assim, a edição imediata do Suplemento Literário do *Correio Fraterno do ABC*, que trouxe a matéria do amigo Deolindo, teve mais repercussão que o próprio livro, pois abriu as portas para as opiniões das lideranças silenciosas. A partir desta manifestação, muitos outros retornaram com sua opinião, alguns inclusive publicamente.

Vejamos, neste pequeno excerto, porque a opinião de Deolindo foi tão decisiva:

O Corpo Fluídico é um livro polêmico por natureza, e não poderia deixar de sê-lo, pois é uma réplica à teoria de Roustaing. Mas é um livro de estudo, o que quer dizer que deu muito trabalho, como todos os livros de análise e confronto. Wilson Garcia levanta questões das mais sensíveis e analisa a obra de Roustaing com argumentos incisivos. Os estudiosos terão, assim, muito material para suas anotações, já em relação ao pensamento de Allan Kardec diante dos textos doutrinários, já em relação à própria teoria de Roustaing. E, depois, cada qual formará a sua opinião, já agora à luz de mais reflexões elucidativas. O que não se admite, sensatamente, é a **condenação** de um livro, seja de quem for, nem tampouco qualquer processo de proibição, por mais disfarçada que seja, pois a tentativa de abafar ou esconder uma ideia redunda em revivescência de procedimentos inquisitoriais, em tudo e por tudo incompatíveis com a índole de uma doutrina **aberta** como é o Espiritismo.

O Corpo Fluídico – prossegue Deolindo – defende sua convicção. Não inventa, não recorre a evasivas, não cria fantasias; com os textos em confronto, questiona a debatida identificação da obra de Roustaing com a Codificação de Allan Kardec. E o faz em estilo jornalístico, usando o elementar direito de crítica. Os confrades que já trocaram ideias comigo sabem que não aceito a obra de Roustaing. Minha opinião nada significa, mas é minha opinião. Com a mesma isenção de ânimo, finalmente, li e apreciei *O Corpo Fluídico* e não tenho a menor dúvida em declarar que subscrevo sem ressalva a posição de nosso confrade Wilson Garcia, contrária à obra de Roustaing".

Deolindo, para surpresa minha, assinava embaixo. Sem ressalva, como registrou. O episódio foi, como disse, decisivo para que o ambiente voltasse a respirar o oxigênio da liberdade de expressão.

Mas, é preciso dizer, Deolindo não dera seu apoio ao amigo, simplesmente; mais do que isso, ele o faria com qualquer outro em condições semelhantes, pois a coerência era um traço marcante de sua personalidade.

Em um momento decisivo do Espiritismo brasileiro, Deolindo tomou uma atitude que mudaria os rumos e entraria para a história da doutrina em terras tupiniquins. Pela liberdade de pensamento e expressão do cidadão brasileiro, Deolindo, apoiado por alguns amigos, organizou um congresso de jornalistas no Rio de Janeiro, com o objetivo primeiro de conter uma onda ameaçadora que se formava muito próxima da praia espírita e ameaçava a sua sobrevivência. Inúmeras críticas às práticas espíritas surgiam no cenário brasileiro, especialmente ali, na então capital da República. E vinham assinadas por personalidades conhecidas, podendo impedir, até, a sua existência legal.

Era 1939 e a Europa estava às vésperas da Segunda Guerra Mundial. O congresso idealizado por Deolindo teve uma importância que talvez ele mesmo a princípio não imaginasse. Embora seu desejo fosse dar uma resposta à sociedade, marcando o espaço da consciência da liberdade de expressão, consoante a Carta Magna nacional, o congresso alcançou resultados outros de igual importância. Senão, vejamos.

O Espiritismo brasileiro vivia conflitos internos e externos. Contraditores da doutrina não lhe davam tréguas, publicando críticas às suas práticas e teorias. No plano interno, crescia a consciência de que era preciso estabelecer uma organização capaz de unir as diversas tendências e oferecer orientações aos centros espíritas, que nasciam e sobreviviam de forma dispersa.

O princípio da liberdade de expressão, que o Espiritismo reivindicava para si, com justa razão, no plano social e político, não tinha sua correspondência interna, senão por algumas inteligências abertas, como Deolindo. Diversas lideranças importantes de então se opunham aos conflitos de natureza conceitual e administrativa, minando, sempre que possível, os movimentos contrários à ordem estabelecida.

O congresso viera, pois, em boa hora. O país jamais havia conhecido um, desde que a doutrina aqui chegara na segunda metade do século XIX. O espaço da discussão, do estudo e da pesquisa no campo doutrinário se restringia a uns poucos estudiosos abnegados. O evento era, pois, o embrião de um novo tempo.

Ainda durante sua realização se percebeu que a dimensão inicial estava grandemente alargada. De congresso de jornalistas espíritas ele passou a congresso de jornalistas e escritores. E de evento nascido para responder a uma realidade contextual passou a congresso regular, com a decisão tomada no seu transcurso de realizá-lo dentro de uma periodicidade trienal.

No plano sociopolítico, os efeitos foram acentuados e positivos, mas no plano interno era apenas o início de uma luta que se mostraria intensa. O conceito de Deolindo crescera e sua liderança se firmara. Importantíssima pela independência de pensamento, necessária para que o ordenamento do Espiritismo não caminhasse para um fechamento altamente prejudicial ao seu progresso.

A eclosão da Segunda Guerra Mundial alterou o cenário brasileiro, dificultando a concretização das decisões tomadas pelo congresso. O pensamento reacionário trabalhou, no plano interno, para que o evento não voltasse a ocorrer. Foi preciso surgir outra liderança reconhecida, Herculano Pires, para que o segundo congresso fosse levado a efeito, mas agora em São Paulo e apenas em 1957. Oito anos antes, contudo, ou seja, em 1949, o Rio de Janeiro seria palco de um outro evento de igual natureza, o Segundo Congresso Espírita Pan-americano, sob a responsabilidade da Confederação Espírita Pan-americana (CEPA), o que de alguma forma preencheu o espaço vazio. Deolindo, como não poderia deixar de ser, apoiou e participou deste evento que, é preciso registrar, encontrou fortes resistências no plano interno.

A FEB não o apoiou e dele não participou. Queria-o esvaziado, pois, então, o pensamento dominante em suas hostes era de que este tipo de evento apresentava perigos ao movimento espírita. Claro, os perigos mais iminentes eram os que provocavam o surgimento de espaços públicos de reflexão e produzia seres mais esclarecidos e a existência de seres esclarecidos, esta sim, é perigosa à dominação de qualquer espécie.

A FEB, no mesmo período do congresso, reuniu algumas lideranças espíritas em sua sede, de modo quase que informal, e chegou a um entendimento com elas sobre algumas necessidades do movimento, necessidades que faziam parte de antigas reivindicações. Ao mesmo tempo em que as desviou do congresso que se realizava, produziu um documento que ficou conhecido como Pacto Áureo. Tão logo o documento foi assinado, a FEB enviou um representante ao congresso para tornar pública aquela decisão, uma maneira de dizer que o congresso já não tinha grande importância, quando, na verdade, a importância dele estava aumentada por conta mesmo deste tipo de conduta.

A iniciativa de conduzir o Espiritismo sob a bandeira da liberdade de pensamento e expressão, que Deolindo abraçara ao lado de outras reconhecidas lideranças, era a única maneira de oxigenar um movimento fadado inevitavelmente ao crescimento. Vinha na direção da diversidade e a favor do progresso. Cumpriu, assim, o seu destino.

OUTROS CONGRESSOS, CONCORDÂNCIAS E CONFLITOS

Há uma literatura espírita? A proposta foi por mim apresentada a Deolindo Amorim pouco tempo após o lançamento do Suplemento Literário pelo *Correio Fraterno do ABC*. Apresentei-lhe três perguntas sobre o tema. Questão controversa, a depender do ângulo sob o qual é analisada. Deolindo reflete sobre o tema com serenidade. E fecha a entrevista com um parecer sobre a importância da crítica, tanto a literária quanto a social e institucional.

Deolindo demonstrava a sua visão de profundidade. Qualquer movimento de ideias que negue o valor da crítica, seja na forma de depreciação de sua importância, seja eliminando o espaço a ela naturalmente reservado, tende a fechar-se em si mesmo e a reduzir paulatinamente o seu valor enquanto movimento de renovação social. A estagnação é seu destino, não importa quão avançadas sejam as ideias.

Kardec foi explícito em relação a isto e os pensadores espíritas de liderança reconhecida são unânimes na percepção da impossibilidade do progresso das ideias sem uma constante análise de seus próprios valores.

Deolindo revelou-me[2]: "No campo espírita, sinceramente, a crítica faz muita falta. Há uma espécie de medo de ser irreverente e, por isso, não se faz crítica, principalmente quando se trata de obras mediúnicas. Tenho para mim que é muito inconveniente, senão prejudicial à própria divulgação da doutrina, o fato de, em determinados casos, se transformar a comunicação mediúnica em tabu. Aceita-se tudo, sem literatura meditada e sem crítica, apenas porque veio do Alto...".

Antes, depois de reconhecer os conceitos *strito sensu* e *lato sensu* da literatura, Deolindo havia opinado[3]: "Queiram ou não queiram certos críticos, que negam o valor literário das obras espíritas, verdade é que existe uma literatura [espírita], é um fato, que aí está. Temos romances, poemas, sonetos e muitas páginas verdadeiramente antológicas. E não é literatura? Claro que é".

Os congressos idealizados por Deolindo e seus amigos (registre-se, por justiça, que Deolindo jamais esteve sozinho nas suas ações e nunca reivindicou para si o mérito de qualquer das iniciativas que obtiveram resultado positivo) foram, pois, de importância inimaginável para o respeito que a doutrina alcançou na sociedade brasileira.

Dois desses congressos tiveram fatos interessantes, de que não há registro em lugar algum. Foram eles, também, os dois últimos de que Deolindo participou, antes da sua partida espiritual.

O primeiro data de 1979. Realizava-se no Rio de Janeiro o VII Congresso Brasileiro de Jornalistas e Escritores Espíritas na sede da então USEERJ, sob a

---

2 Correio Fraterno do ABC, março de 1980.

presidência de Paiva Mello. Talvez tenha sido, de todos, o que menos público atraiu, mas nem por isso deixou de ser um espaço importante de debate de ideias. Os organizadores pretenderam, à época, reaproximar o médium Waldo Vieira do Espiritismo. Waldo, como se sabe, fora parceiro de Chico Xavier e corresponsável pela psicografia de diversas obras importantes. Mas, Waldo se afastou de Chico, do ambiente espírita e, também, do pensamento espírita. Chegou ele a escrever, certa feita, nas páginas do jornal *Folha Espírita*, que o Espiritismo estava superado.

Os organizadores do congresso do Rio de Janeiro deram a Waldo a incumbência de fazer a palestra de abertura do evento. Waldo, contudo, jamais retornou ao meio espírita, porque criou sua própria doutrina e assumiu a postura de guru, com inúmeros seguidores.

Já, então, o grupo de Santos, liderado por Jaci Regis, firmava sua posição contrária à tendência religiosa do movimento espírita e encontrava sérias resistências por parte daqueles que defendiam essa postura.

Por outro lado, e por motivos diferentes, o *Correio Fraterno do ABC* também se inseria no contexto pela sua postura altamente crítica em relação ao movimento de forma geral. O jornal estava promovendo diversos debates que não eram vistos com bons olhos por uma parcela considerável de dirigentes conservadores.

Foi em meio ao debate travado pelo grupo de Santos que cheguei ao local do congresso. Uma visível tensão pairava no ar. Deolindo, na mesa diretora, auxiliando a conduzir os assuntos de forma equilibrada, dentro de sua natural característica de proteger a liberdade de pensamento e expressão, ao mesmo tempo em que procurava evitar que o debate caminhasse para um impasse. Ao ver-me chegar, Deolindo, cavalheirescamente, deixou a mesa e caminhou em minha direção, abraçando-me e me conduzindo até os demais, num gesto de generosidade que eu jamais esqueceria. Com isso, não só demonstrou que o espaço do congresso deve ser visto como um local onde os conflitos são enfrentados com naturalidade, mas acima de tudo com respeito às ideias e aos indivíduos.

Para Deolindo não éramos, unicamente, os indivíduos participantes de um evento de comunicação social; antes, representávamos ali parcelas expressivas do movimento espírita, as quais deveriam ser ouvidas com respeito e o inalienável direito de divergir quando necessário.

A atitude de Deolindo era a demonstração de que as ideias não pertencem às pessoas, individualmente, mas à sociedade e que sua defesa ou crítica era um direito inalienável e necessário.

As culturas que não consideram os conflitos como próprios das relações humanas tendem a formar cidadãos indispostos a conviver com os contrários, desenvolvendo um comportamento de exclusão destes. Os ambientes onde o pensamento ortodoxo predomina são os mais propensos à exclusão dos contrários.

* * *

Em 1982, no congresso de Salvador, minha convivência com Deolindo foi ainda mais próxima. Testemunhei vários acontecimentos que reforçariam, ainda mais, em mim a imagem altiva daquela personalidade.

Esta convivência foi facilitada pelo fato de estarmos ambos hospedados no mesmo local. De modo que podíamos trocar ideias algumas vezes, a caminho ou de volta do Centro de Convenções de Salvador, onde o evento se realizava.

O congresso fora muito bem organizado por Idelfonso do Espírito Santo e sua equipe. Ao contrário do que ocorrera no congresso do Rio de Janeiro, três anos antes, este agora reunira o maior número de pessoas jamais visto. Só de São Paulo compareceu uma delegação de mais de cem pessoas, a maioria viajando no mesmo avião da antiga Transbrasil.

Idelfonso introduziu uma nova metodologia, reformulando a antiga prática das grandes plenárias predominantes. O novo modelo estabelecia diversas atividades simultâneas, de modo que os congressistas podiam escolher os temas e os palestrantes. O modelo recebeu críticas dos mais conservadores, acostumados ao sistema anterior em que tudo acontecia no mesmo local.

Deolindo, mais uma vez, demonstrou sua visão de futuro, dando apoio integral e participando de quanto podia. Durante os eventos simultâneos, Deolindo fez questão de estar presente em diversos deles, como forma de apoio aos palestrantes e aprovação do evento.

O último dia do congresso foi, também, o mais intenso em termos de solução de conflitos. Uma grande reunião plenária colocaria em discussão moções, propostas e trabalhos inscritos.

Uma das propostas estabelecia a criação do Dia da Imprensa Espírita, mas os congressistas estavam divididos entre duas datas, sendo que uma delas era mais cara à maioria dos presentes, constituída de baianos, naturalmente. Eles formavam um contingente de mais de 50% dos congressistas. A outra, no entanto, tinha o apoio, entre outros, de Deolindo Amorim.

Deolindo, apesar da saúde já um pouco debilitada, demonstrava vigor em suas intervenções. A proposta original colocava a data de 26 de julho para Dia da Imprensa Espírita, como homenagem à figura de Luiz Olímpio Telles de Menezes, baiano, fundador do Eco d'Além Túmulo, considerado o primeiro jornal espírita publicado no Brasil.

Uma segunda proposta foi introduzida, com o apoio de Deolindo Amorim: dia 1º de janeiro, em homenagem à fundação da *Revista Espírita* por Allan Kardec, o primeiro órgão de imprensa do mundo.

Deolindo foi à tribuna e defendeu com clareza de raciocínio e entusiasmo essa data. Mas foi derrotado. A maioria optou pela homenagem a Telles de Menezes. Deolindo, claro, aceitou o veredicto com tranquilidade.

Alguns anos depois, a data de 1º de janeiro seria transformada em Dia Mundial da Imprensa Espírita, por proposta da Associação Brasileira de Divulgadores do Espiritismo, Abrade, sucessora da Associação Brasileira de Jornalistas e Escritores Espíritas, Abrajee.

* * *

Certa ocasião encontrei-me com Deolindo Amorim em um evento comemorativo. Assisti, pela primeira vez, a uma palestra por ele feita. E vi como ele se transformava quando falava do Espiritismo. Deolindo transbordava entusiasmo, contagiava, defendia as ideias de Allan Kardec com raro tirocínio. Falava com convicção, vigor, uma rara virilidade.

Deolindo teria sido, repito-o, o patrono do congresso de 1986, em São Paulo, se Cairbar Schutel não houvesse sido escolhido anteriormente. Sua partida em 1984 praticamente encerrou um ciclo de grandes intelectuais cuja reencarnação ocorreu num período determinado. Cinco anos antes, fora a vez de Herculano Pires, mais atrás Carlos Imbassahy, Júlio Abreu Filho etc.

Em 1983, estive com ele em São Paulo, durante as apresentações do médium Edson Queiroz na Federação Espírita. Deolindo já estava bastante debilitado e o Dr. Fritz auxiliou-o de alguma maneira. O destino, porém, estava traçado. Foi a última vez que o vi.

Quando, porém, a programação do congresso foi concluída, lá estava uma homenagem ao seu fundador marcada para a sessão de abertura, no Centro de Convenções Rebouças. Era o mínimo que se podia fazer então.

ALUYSIO PALHARES

Todas as grandezas deste mundo não valem um bom amigo.

Voltaire

LIDERANÇA (IN)CONTESTÁVEL

Aluysio partiu praticamente só. O cemitério estava vazio e o velório de seu corpo findara. Quase faltaram mãos para conduzir o caixão até o túmulo. Poucos, muito poucos estavam ali presentes na despedida.

Meu espanto era grande. Pareceu-me inexplicável, como até hoje, mais de vinte anos depois, parece-me. Aluysio foi importante na vida de muitas pessoas e a maioria delas ali não estava. Não que o sepultamento do corpo físico exija do espírita uma cerimônia especial. Absolutamente. Mas o momento é sempre oportuno para a expressão do reconhecimento e da gratidão.

Carioca há muitos anos radicado na capital paulista, Aluysio lecionava no curso básico da Escola de Médiuns da Federação Espírita do Estado de São Paulo. Toda segunda-feira, podia ele ser visto na velha tribuna do antigo prédio da Rua Maria Paula, 158. Falava com entusiasmo e acentos de virilidade, sobre a matéria.

Os alunos gostavam da sua prosa, porque Aluysio falava a linguagem simples, à altura da maioria daqueles que lotavam o salão Bezerra de Menezes, no horário das

20 horas. Ele parecia de fato acreditar no que dizia, condição básica de convencimento.

Invariavelmente, Aluysio encerrava suas aulas com um chamamento ao trabalho. Era convicto de que a crença sem obras não tinha valor. Isto mesmo, crença. Aluysio tinha uma grande inclinação pelos textos evangélicos e costumava ilustrar suas falas com passagens da vida de Jesus. O Espiritismo era sua *religião*.

Foi assim que o conheci. Atendi a um de seus inúmeros chamados e fui ter com ele no Departamento Federativo, que ele dirigia com mão de ferro. A par do rigor, era uma personalidade alegre, extrovertida e de uma inteligência rara. O "seu" departamento se destacava entre os vários daquela instituição pela quantidade de colaboradores e as intensas atividades. Funcionava às terças e quintas-feiras, das 18 às 22 horas e, como seu nome informa, cuidava dos centros espíritas filiados à Federação.

Aluysio era uma liderança carismática. Tinha sob seu comando mais de uma centena de pessoas, boa parte delas oriunda da Escola de Médiuns. Eram espíritas iniciantes, que ele atraía para o trabalho na condição de colaboradores, mas cuidava de fortalecer o conhecimento doutrinário com estudos complementares.

Recebia críticas por isso, mas não dava atenção a elas. Contra ele, argumentavam que infligia o regulamento interno e o bom-senso, oferecendo trabalho a pessoas que estavam apenas iniciando no Espiritismo, não tendo, pois, a maturidade suficiente para o exercício das responsabilidades que lhes eram atribuídas. E mais, apresentavam, muitas vezes, um quadro de desequilíbrio espiritual que se acreditava próprio desta condição de recém-chegados à doutrina. Estávamos no início dos anos 1970. Aluysio havia recebido o Departamento Federativo sem nenhum colaborador, sem local adequado para funcionar, com um sistema burocrático arcaico e um cadastro incompleto e desatualizado. Em pouco tempo, transformou aquilo numa verdadeira célula viva.

Havia uma explicação para a situação herdada por Aluysio. De ordem histórica. A direção da Federação, por seu presidente, Carlos Jordão da Silva, e seu vice, Luiz Monteiro de Barros, deixou por muito tempo o Departamento Federativo semiparalisado para manter um bom relacionamento político com a União das Sociedades Espíritas do Estado de São Paulo, a USE. Esta instituição, desde que fora fundada, recebera a incumbência de coordenar as ações do Espiritismo no estado e representá-lo junto ao Conselho Federativo Nacional, órgão da Federação Espírita Brasileira.

Jordão e Monteiro de Barros tinham a intenção de promover a fusão das duas instituições. Por aquela época, eles se revezavam no comando de ambas as casas. Jordão presidia a Federação, tendo Monteiro de Barros como vice, enquanto Monteiro de Barros presidia a USE, tendo Jordão como seu vice-presidente.

Chamado a dirigir o Departamento Federativo, Aluysio incorporou a tese de que a coordenação do Espiritismo no estado era devida à Federação e não à USE. Era o que defendia boa parcela dos dirigentes da Federação, amparados por seu documento maior, os Estatutos. Desenvolver e aprimorar a relação da Federação com os centros espíritas era, pois, vital. E Aluysio era o homem certo para isso.

Como se observa, Aluysio tinha respaldo político para

suas ações. Apesar de sofrer a oposição de alguns, mantinha certa independência e autonomia. Precisava de mão de obra para tocar o departamento e esta vinha, permanentemente, da Escola de Médiuns, mais precisamente de seu curso básico.

Logo descobriu que o empenho de seus esforços implicava, também, a busca de recursos financeiros, que a federação não dava porque não tinha e também porque não interessava desenvolver aquele departamento. Aluysio, porém, sabia como suprir as necessidades através da colaboração dos próprios trabalhadores ou com solicitações de doação a empresas. Foi assim que equipou o departamento com tudo o que precisava: máquinas de escrever, mimeógrafos, projetores, equipamentos fotográficos, etc., sem nenhum ônus à federação.

Nas mãos de Aluysio o Departamento Federativo se organizou e ganhou fama. Aluysio o dividiu em setores e distribuía os colaboradores de acordo com a sua competência e habilidade. Criou o setor de visitas, para estabelecer o elo com os centros espíritas; o setor administrativo e jurídico para dar apoio nas áreas legal e de organização; o setor doutrinário para levar estudos aos centros; o setor audiovisual para fornecer tecnologia de ensino; e um setor para dar treinamento aos colaboradores.

Naquele tempo, nenhuma federativa oferecia tantos benefícios aos seus filiados. A par da completa inexistência de dados estatísticos, tinha-se a clara noção de que grande parte dos centros espíritas do estado vivia numa espécie de semiclandestinidade, pois o cumprimento das normas legais era feito por uma minoria.

Aluysio foi mais longe ainda. Estabeleceu acordo com o Departamento de Ensino e disponibilizou para os centros espíritas a instalação dos cursos doutrinários que fizeram a fama da Federação. Esta forneceria a estrutura e os expositores, enquanto os centros espíritas entrariam com o espaço físico e os alunos. Este método duraria até o momento em que os centros já contassem com seus próprios expositores. Daí para frente eles seguiriam sozinhos.

Muitos centros passaram a procurar a Federação em busca de orientações, multiplicando o cadastro inicial. Por sua vez, a Federação passou a contar com informações precisas sobre a realidade dos centros, o que lhe permitiria melhorar o seu desempenho.

Aluysio era um líder infatigável. Trabalhava dia e noite. Funcionário público, ocupava todo o tempo disponível em atividades do Departamento Federativo e fazia de sua própria residência no bairro do Jabaquara uma extensão da Federação. Sua liderança se reafirmava pelo exemplo, às vezes exagerado, do trabalho.

O *turn-over* de colaboradores era considerável. Muitos daqueles que chegavam vinham sem uma clareza da importância e do tipo de trabalho a prestar. Aluysio, portanto, tinha que manter um recrutamento constante, o que obrigava a também estar em permanente treinamento dos colaboradores.

Havia uma espécie de seleção natural. Quando percebia a competência do colaborador, Aluysio dava-lhe uma atenção especial para mantê-lo no quadro. De modo que os cargos-chave sofriam pouca alteração, permitindo manter uma boa qualidade de trabalho.

A disciplina era, também, garantida com grande rigor.

Aluysio tinha olhos e ouvidos atentos, de modo a perceber a situação e responder com rapidez às necessidades. O clima interno estava sob vigilância constante, numa busca de harmonia que implicava a participação de todos pelo ideal doutrinário.

O regime de colaboração considera que o grau de satisfação dos indivíduos precisa ser alcançado com a motivação centrada no prazer e na certeza da importância daquilo que se está fazendo. Os diretores, contrários ao *modus operandi* de Aluysio, tinham razão quando apontavam para os desequilíbrios emotivos-espirituais dos iniciantes na doutrina, mas Aluysio sabia que os estados psicológicos, qualquer que fossem as circunstâncias, tinham similaridades e especificidades que não dependiam apenas do momento.

Sua crença era de que o apoio efetivo cumpria um importante papel neste equilíbrio; e o trabalho funcionava como terapia das mais eficazes, às vezes até mais eficientemente do que os passes. Por isso, não recusava nenhum indivíduo que se dispusesse a colaborar, mesmo aqueles que apresentavam um grau de desequilíbrio visivelmente mais acentuado. A estes, atribuía atividades internas compatíveis com sua situação, sob acompanhamento direto de outros colaboradores, até que o quadro fosse superado. Caso isso não ocorresse efetivamente, Aluysio o encaminhava ao departamento competente, com a devida recomendação para que lhe fosse aplicado um tratamento espiritual adequado. E o afastava momentaneamente do trabalho.

Em 1974, quando o departamento alcançou seu período de maior produtividade, o quadro de colaboradores era invejável: contava com 130 pessoas distribuídas em quatro acanhadas salas. A Assessoria de Visitas, a mais numerosa, chegou a contar com mais de 40 integrantes e isso aliviava o espaço, pois os visitadores passavam a maior parte do seu tempo fora da sede, bem como os integrantes da Assessoria Doutrinária, que se reuniam em grupo para atender aos pedidos de palestras pelos centros espíritas.

Quando, em 1974, Aluysio finalmente é levado a deixar o cargo, o quadro de colaboradores vai se reduzir drasticamente, mas uma realidade já se havia formado: grande parte daqueles que se vão se tornarão líderes destacados em suas novas atividades. E os que permanecem são também lideranças forjadas na oficina do trabalho instituída pelo Aluysio.

Os exemplos são muitos. A retomada do Espiritismo em Espanha vai contar com um simpático ex-colaborador de Aluysio, que se auto impôs a responsabilidade de ver a doutrina voltar ao seu país no pósfranquismo. Outros, aproveitando suas viagens ao exterior a trabalho ou para estudo, buscam disseminar o conhecimento a partir da base adquirida no Departamento Federativo. Inúmeros se transformam em fundadores de novos centros espíritas ou se integram nos quadros de centros já existentes, na capital ou no interior do estado e, inclusive, em outras regiões do país, onde vão imprimir a dinâmica semelhante à aprendida com o antigo líder. Mesmo aqueles que, por incompatibilidade de gênio ou após viver conflitos profundos com Aluysio, encontram em seu destino oportunidade de exercitar a liderança sob as marcas do passado recente.

Ninguém há que, tendo vivido sob a liderança de Aluysio, não percebesse uma transformação que se processou em seu próprio mundo interior, uma energia nova, uma motivação jamais vista. É por isso que a solidão de sua despedida da terra muito me impressionou, levando-me a questionar o tamanho da desconsideração humana.

ESCREVER FAZ PARTE DO TRABALHO

Quando da viagem que fizemos a Niterói foi que compreendi as similaridades de personalidade entre Aluysio e Floriano Moinho Peres. Ouvi de Floriano uma frase que jamais esqueci. Disse-me ele, com a naturalidade de quem reconhece nisso uma virtude: "eu nunca corrijo o que escrevo. Do jeito que sai da máquina, mando publicar". Aluysio agia de forma semelhante.

Floriano nos recebera em sua residência para um almoço. Éramos cerca de dez pessoas e havíamos viajado ao Estado do Rio de Janeiro para uma série de palestras. Presidente da Federação Espírita do Estado do Rio de Janeiro, que fazia oposição à União das Sociedades Espíritas e reproduzia naquele estado o quadro que vigorava em São Paulo, Floriano se entendera com Aluysio e programara as palestras em algumas sociedades ligadas à federação que dirigia há vários mandatos.

Aluysio escrevia em profusão e desenvolveu um estilo próprio que se poderia dizer antiquado já para a época. Ele, contudo, jamais modificou a forma de escrever. Duas características podiam ser notadas: o início de qualquer texto era feito a partir de uma citação evangélica e, por outro lado, intercalava ele palavras em caixa alta e caixa alta e baixa, ou seja, quando queria destacar alguma coisa escrevia em letras maiúsculas. Hoje, dir-se-ia que seus textos estavam sempre gritando com o leitor.

Aluysio substituía o prazer de escrever pela obrigação. Daí a falta de apuro do texto. E produzia diariamente, seja para atender às necessidades do Departamento Federativo ou para suprir a imprensa doutrinária de artigos. O espaço do Departamento Federativo era maior: ali, Aluysio escrevia verdadeiras apostilas e as imprimia naqueles antigos mimeógrafos a álcool, em quantidade suficiente para atender aos atuais e aos futuros colaboradores, assim como se entendesse que o problema de hoje é o problema de sempre.

Os assuntos eram os do momento, ou seja, aqueles que se mostravam necessários para ele, seja por que estavam em discussão, seja por decorrência dos envolvimentos afetivos ocasionais entre as pessoas no próprio departamento ou até mesmo quando tomava conhecimento de problemas conjugais de seus colaboradores.

Para a imprensa espírita, Aluysio tinha o mau costume de reproduzir o artigo e distribuí-lo a vários jornais ao mesmo tempo, de modo que era comum aparecer o mesmo artigo em diferentes publicações. Os jornais mais exigentes aprenderam com o tempo e pararam de publicar suas crônicas, centrados na importância do ineditismo das matérias em respeito aos seus leitores.

Aluysio não dava importância para isso e continuava a mandar seus artigos. O tom era nitidamente moralizador.

Jamais, porém, lhe ocorreu de escrever livros. Sequer de juntar os artigos numa única publicação. Por isso, não se lhe tem a memória devidamente registrada e boa parte dos jornais nos quais escreveu já não existe mais.

Enquanto, porém, escreveu seus artigos fora figura festejada e conhecida dos espíritas de São Paulo e de outras regiões do país.

OS CONFLITOS NÃO ACABAM, AGRAVAM-SE

Aluysio percebeu de imediato minha dedicação e entusiasmo. Naquela ocasião, jovem, solteiro e muito interessado no conhecimento espírita, costumava eu sair da livraria com 10, 15 livros de uma só vez, para devorá-los.

Poucos meses após o início de minha colaboração, entregou-me a Assessoria de Visitas e, depois, a Administrativa e Jurídica. Mais tarde, chamou-me para estar ao seu lado nomeando-me Sub-diretor do Departamento.

Na Assessoria Administrativa e Jurídica, desenvolvi um projeto há muito planejado pelo Aluysio, com o apoio dos advogados que ali colaboravam. Fizemos a compilação de um grande material com leis e normas diretamente relacionadas à vida legal dos centros espíritas. Nunca antes isso fora feito e a necessidade era grande.

Mas esse trabalho trouxe ao Aluysio um grande aborrecimento. Mandamos publicá-lo na forma de um opúsculo cujo infeliz título era *Administração Religiosa*. O próprio departamento custeou a impressão de mil exemplares, com a finalidade de distribuí-los gratuitamente aos centros espíritas.

Se a repercussão junto aos centros espíritas foi expressiva, na diretoria da federação foi a pior possível.

Politicamente, o departamento demonstrava um poder que incomodava a direção da instituição. O opúsculo foi lido em reunião da diretoria e imediatamente recebeu críticas veementes. Em primeiro lugar, alegou-se que o departamento não tinha autonomia para publicar qualquer livro, cuja função era do Departamento Editorial. Em segundo lugar, alegou-se que o opúsculo padecia de "graves" erros gramaticais.

Em vista dessa segunda alegação, a diretoria da Federação houve por bem formalizar uma comissão para fazer a revisão do material, mandando recolher todos os exemplares ainda existentes no estoque do federativo. Eram pouco mais de quinhentos, então; os demais já haviam sido distribuídos aos centros filiados. Foi a salvação da lavoura, pois os exemplares recolhidos tiveram um triste fim: foram guilhotinados e vendidos como papel velho, numa espécie de auto de fé sem fogueira.

A comissão revisora cumpriu seu papel com total dedicação. Entregou o opúsculo revisado mais de um ano depois, totalmente mutilado, a ponto de não ter mais nenhuma serventia. Aluysio recebera a pena merecida por ser tão ousado.

É possível que os conflitos permanentes com a direção da federação tenham minado aos poucos a força moral de Aluysio. Ele foi fraquejando e perdendo o pudor, embora continuasse trabalhando com afinco. Seus princípios éticos estavam em litígio, em confronto com uma realidade cruel. Não se lhe davam tréguas.

A viagem que organizou com o presidente da Feerj, Floriano Moinho Peres, e levou ao estado do Rio de Janeiro uma equipe do Departamento Federativo para uma série de palestras abriu uma grande fenda na equipe, fenda que jamais se fechou. Aluysio tinha amealhado grande parte da confiança de sua equipe por conta de seus preceitos morais e um rigoroso controle das condutas. Tudo em nome da doutrina espírita. Mas aquela viagem mostrou um Aluysio despreocupado com isso, para surpresa de todos.

Após quatro dias de atividades, a equipe retornou a São Paulo, mas o clima estava definitivamente afetado. Foi quando, poucas semanas após, ocorreu o inesperado. Aluysio fora demitido do cargo numa noite de plena atividade do departamento.

Contra ele pesava uma grave acusação. Carlos Jordão da Silva, presidente, e Luiz Monteiro de Barros, vice, chamaram-no para uma reunião tão logo Aluysio deu entrada na Federação. Não o deixaram subir para o trabalho. Apenas os três souberam o que se passou. Quando Aluysio saiu da sala, pôde apenas dirigir-se à porta da rua e tomar o destino de sua casa. Sem despedidas, sem explicações.

Jordão e Monteiro de Barros já haviam providenciado o substituto: um ex-colaborador, advogado e diretor de importante empresa multinacional. Eles o apresentaram a um grupo de colaboradores aturdidos pelas notícias desencontradas, sem se referir às causas, mas dizendo que foram justas. O novo diretor era provisório e aceitara o cargo apenas pelo período de transição necessário, o que de fato ocorreu. Poucos meses depois, um novo diretor assumiu o posto e por lá ficou vários anos.

O Departamento Federativo nunca mais foi o mesmo. Toda a sua força estava na dinâmica carismática de

68

Aluysio, no seu poder de aglutinar, ensinar e estimular. Não demorou muito para que o número de colaboradores se reduzisse a menos de um terço.

O LÍDER INICIA UMA PEREGRINAÇÃO LONGA

Aluysio tinha um plano e este plano foi elaborado a partir do instante em que ele percebeu que seu fim no Departamento Federativo viria, mais cedo ou mais tarde. Ele o revelou aos seus auxiliares mais diretos e obteve de vários deles a adesão. De modo que, ao deixar o federativo, imediatamente promoveu a fundação de uma sociedade espírita e a instalou em uma casa cedida em comodato pela Prefeitura Municipal de Mauá, na região da Grande São Paulo.

Surgiu a ADE, Associação Divulgadora do Espiritismo. Aluysio instalou ali o seu quartel general, com vistas a continuar o trabalho interrompido no Federativo. Mas não durou muito sua vida com os companheiros. Ele perdera parte importante da confiança, sua credibilidade estava abalada. De modo que ele mesmo se decidiu a seguir outros rumos, deixando aos antigos colaboradores a responsabilidade de prosseguir com a nova instituição.

Quem é líder uma vez será líder sempre. Aluysio constituiu um novo grupo de pessoas para estudos e práticas mediúnicas e, no geral, espíritas. Passou a dar palestras aqui e ali, a levar seu método a outras sociedades espíritas, numa peregrinação que o acompanharia até os seus últimos dias.

Nossos caminhos, então, se separaram. Sem quebra

de amizade, sem conflito, mas também por conta da falta de sintonia, aquela sintonia que sobrava nos tempos gloriosos de antes.

Um dia, recebi de Aluysio uma ligação telefônica. Estava ele internado num hospital da região oeste da capital paulista e queria falar comigo. Cheguei pouco após o meio-dia e Aluysio já havia almoçado. Estava magro, o rosto cheio de marcas do sofrimento que passou a lhe acompanhar e o levaria ao túmulo.

Altivo, porém, revelou o motivo pelo qual queria minha presença. Estava padecendo de câncer e solicitou-me levar até ele o médium Edson Queiroz, pois tinha certeza de que poderia obter a cura com a intervenção dele. Aluysio continuava acreditando no poder da mediunidade e na ação dos Espíritos.

Mas seu estado não era bom. Logo ele receberia alta para retornar, pouco depois, já sem mais nenhuma esperança. De minha parte, pouco podia fazer por ele. Se ele soubera de minhas ligações com Edson Queiroz, o novo Arigó dos Espíritos, não sabia naquele momento que tais ligações estavam definitivamente rompidas, por razões que esclareço em outros documentos.

Algum tempo depois deste episódio, recebi a notícia da partida de Aluysio Paulo de Sá Palhares pelo Raymundo Espelho. Fui ao cemitério, em São Bernardo do Campo, movido pelo sentimento de perda de um companheiro que prometera muito, e muito ensinara a tantos, mas estava ali, só, sob as vistas de suas famílias, e nenhum outro amigo.

Poucas vezes senti meu coração tão partido.

HAMILTON SARAIVA

Em coisas insignificantes é que um verdadeiro amigo se avalia.
Camilo Castelo Branco

LUZES E ROTEIROS

Era uma tarde de domingo e estávamos todos na casa do Hamilton, no bairro da Penha, capital paulista. Eu, Nazareno Tourinho e esposa, Myriam, Neusa e Heitor, filho do Hamilton e, logicamente, os donos da casa. Estavam, ainda, a jornalista Norma Alcântara e outros companheiros.

A conversa, como não poderia deixar de ser, versava sobre Espiritismo. Especificamente, sobre o próximo Congresso Brasileiro de Jornalistas e Escritores Espíritas, que aconteceria no início do ano seguinte, 1986.

Estavam ali dois dos mais premiados homens do teatro amador brasileiro. E ambos espíritas. Hamilton, na qualidade de diretor teatral, reconhecido nacionalmente. Nazareno, autor de peças também premiadas e algumas interpretadas por figuras de grande destaque na dramaturgia brasileira, como Tônia Carrero.

Havia, porém, uma diferença entre os dois que, naquele momento, me intrigava. Hamilton de há muito tomara a iniciativa de desenvolver o teatro no meio espírita e, junto com outros amigos, liderava um grupo teatral e também escrevia lá suas peças. Mas Nazareno Tourinho, apesar dos louros colhidos no teatro, não havia ainda se aventurado na temática, o que nos parecia estranho, pois se tratava de um espírita, como se diz, popularmente, de quatro costados. Possuía diversos livros publicados, fazia palestras pelo país, fundara e dirigia uma casa espírita em Belém do Pará, onde residia desde todo o sempre.

Quando apresentei ao Nazareno o desafio de escrever sua primeira peça de teatro com temática espírita logo tive o apoio irrestrito do Hamilton. A verdade era que o prazo estava curto, pois o congresso deveria ocorrer dali cinco meses. Nazareno, contudo, era mestre na arte e, sabíamos, não lhe seria tão custoso escrever.

Quando, na semana seguinte, Nazareno retornou a Belém levou consigo a ideia. Algum tempo depois, comunicou-nos a conclusão do trabalho. Estava pronta e acabada a peça "A estranha loucura de Lorena Martinez".

Logo que recebeu o texto, Hamilton se preocupou com a densidade do seu conteúdo e as dificuldades para encená-la no congresso. A peça exigia a participação de vários atores e a preparação de um cenário especial. O local do congresso não dispunha das condições necessárias para sua apresentação. Hamilton, porém, resolveu o assunto realizando uma leitura dramática, com ampla aceitação do público.

Estar na casa do Hamilton era de uma felicidade sem par. Conversava-se de tudo, da academia à cultura do povo. Sempre que havia um pretexto, eu lá estava. O melhor era esperar pela hora do jantar. Neusa era uma atriz de palco e cozinha. Como fazia do trivial uma ceia lauta, no tempero e na apresentação. Mais tarde, quando a vida a conduziu para outros caminhos, ela se dedicou com afinco a área da gastronomia com grande sucesso, o mesmo sucesso que a levou a criar e educar, quase só, os três filhos do casamento que não durou muito.

Neusa partiu tão cedo quanto o seu crescimento profissional. Foi surpreendida numa tarde-noite por um AVC quando tinha apenas quarenta e quatro anos de vida. Estava sentada no sofá de seu apartamento no bairro dos Jardins, em São Paulo, conversando com um dos filhos e o segundo marido, Celso. Ao levar à boca a xícara de chá, teve tempo apenas de dizer: – nossa! E perdeu os sentidos. Não retornou mais a si, apesar da assistência imediata e dos esforços médicos. Seus órgãos foram doados quatro dias após.

O sogro, Hamilton, era por ela tão admirado que quase chegava à idolatria. Daí alguns conflitos entre os dois, de tempos em tempos. Um pouco, por ciúmes. Hamilton havia ficado viúvo, após a partida da esposa e companheira de tantos anos. Quando decidiu casar-se, novamente, encontrou a resistência da nora, preocupada com a felicidade dele.

Hamilton, contudo, era paciente. Estava sempre por perto da nora que jamais considerava ex e tratava como filha. E dos netos. Tudo isso apesar de suas intensas atividades na Universidade de São Paulo, onde lecionava, no grupo espírita que, junto à primeira esposa, fundara nos fundos de sua casa e mantivera por mais de trinta anos, mesmo após a partida desta, nas viagens constantes para palestras e no grupo teatral que dirigia.

A inesperada partida, portanto, de Neusa para o Além alcançou-o como uma rajada de vento a mais de cem quilômetros por hora, quase o derrubando. Ele, contudo, forjado na melhor escola espiritual que este planeta já conheceu, resistiu, impassível. Enfrentou a situação depois de ter acompanhado por longo tempo o sofrimento e a partida da primeira esposa. E de ter vivido tantas outras situações semelhantes em sofrimento e experiência.

UM CENTRO NÃO-CENTRO: GRUPO FAMILIAR

As ideias costumam marcar os homens e o seu espaço. Espalham-se pelo ambiente, tingem as paredes e teto, o chão e as pessoas. As ideias levadas à ação conformam a cultura, constroem-na e estabelecem seu círculo de vigência, amplo ou reduzido, não importa.

Daí a importância dos seres e daquilo que alimentam no espírito. Necessidades, interesses, não importa o que predomina e impulsiona; as marcas estão por onde passaram e onde se fixaram, clamando por análise no curso de sua duração.

Hamilton Saraiva morava no bairro da Penha em uma casa localizada numa rua de pouco movimento. Antiga, a casa possuía um puxado nos fundos, com dois cômodos e um banheiro. Ali funcionou por muitos anos, mais de trinta, o grupo espírita que ele e a esposa fundaram. Sem preocupações com a formalidade, o grupo primava pelo estudo do espiritismo e pela prática mediúnica. Hamilton era médium e entre as suas funções mais destacadas, exercia a mediunidade receitista.

Após anos de funcionamento, o grupo não dependia mais do próprio Hamilton, de modo que seus compromissos nos últimos anos faziam-no ausentar-se inúmeras vezes. Porém, toda quarta-feira e todo domingo havia reuniões abertas a quem desejasse participar. Ali estive vezes muitas, por conta de minha esposa, Tânia, que gostava de frequentar o grupo e ali desenvolveu também sua mediunidade.

Havia um grupo de frequentadores assíduos, que não perdia uma sessão por nada. Dona Lídia, uma senhora de cerca de setenta anos, era um deles. Sempre presente, era de uma paciência grande no trato com Espíritos que eram levados para tratamento espiritual. Essa ação, que alguns chamam de doutrinação, exige muita persistência, perspicácia e habilidade no diálogo, o que Dona Lídia tinha de sobra.

Assisti no grupo espírita do Hamilton a algumas sessões inesquecíveis, só mesmo comparáveis às que vi antes de tornar-me espírita, num grupo de umbandistas em Juiz de Fora, Minas Gerais. Nestas, vi fenômenos de efeitos físicos, transfigurações e outros que ficaram marcados por todo o sempre. No grupo do Hamilton as sessões eram de outra natureza, ou seja, a prática da mediunidade era voltada para a conscientização de Espíritos necessitados e para assistência a encarnados com problemas de saúde física e psicológica.

Uma delas foi de extraordinária importância. Um jornalista e sua jovem filha procuraram o grupo em busca de assistência para um problema que se manifestara fisicamente no pai, mas se agravou com o tempo, levando--o a amputar os dois pés. A persistência do pai fez com que ele utilizasse duas próteses e com muita paciência conseguisse andar quase que normalmente. Era notável a sua atitude positiva frente à doença.

As dores eram muitas, porém, quase insuportáveis. O problema persistia e ele caminhava para a perda de uma das pernas. Mas havia um agravante: a condição espiritual. Logo na primeira sessão em que o jornalista foi atendido, manifestou-se um Espírito de grande cultura intelectual e narrou uma história curiosa.

Segundo o Espírito, a situação vivida pelo jornalista remetia a algumas encarnações anteriores, em que, na condição de general, vivia ele o prazer das conquistas com grande crueldade. Costumava aniquilar os adversários impondo-lhes sofrimentos atrozes e um de seus modos mais comuns era mandar cortar os pés e pernas das pessoas.

Foi por este Espírito que ficamos sabendo, ao longo de algumas sessões, que diversos Espíritos remanescentes daquela época, viviam ainda na perseguição do antigo algoz, numa espécie de cobrança pelos sofrimentos impostos.

Jornalista e filha frequentaram a reunião mediúnica e receberam assistência durante bons meses, com resultados bastante animadores. Alguns dos Espíritos que o perseguiam, após longos e cansativos diálogos, se disseram satisfeitos com a vingança e o deixaram em paz, o que aliviou bastante a sua carga de sofrimento.

Mais ou menos três anos após estes acontecimentos, o jornalista veio a falecer por problemas de coração.

A coleção de fatos semelhantes a este era grande, mas o grupo tinha por hábito não registrá-los senão oralmente. Não havia diretoria, departamentos, nada. As tarefas eram divididas pelos participantes, que assumiam espontaneamente os compromissos. Nenhuma burocracia de centro espírita e, curiosamente, tudo corria bem. Dir-se-ia que um pouco daquela aristocracia moral pregada por Allan Kardec acontecia no grupo, pois os mais experientes eram naturalmente encaminhados à liderança.

Hamilton às vezes funcionava como um bombeiro para apagar os incêndios das vaidades ou conter conflitos de outras naturezas. Sua presença nas reuniões era sinal de equilíbrio e respeito, sem nenhuma ostentação.

Hamilton era portador de alguns tipos de mediunidade e possuía sensibilidade bastante apurada para lidar com os Espíritos. Era calmo, seguro e objetivo nestas ocasiões. Esta forma de ser inspirava confiança e era de se ver como vários dos integrantes do grupo procuravam seguir essa linha de conduta.

Antecedendo as reuniões, ocorriam estudos doutrinários sucedidos por grandes debates. Havia a nítida preocupação de contextualizar os assuntos, de modo a ajustar os temas espirituais à realidade vivida. Essa providência permitia que todos participassem com total liberdade de manifestação do pensamento e sentimento de integração.

A própria disposição da sala favorecia a participação de todos. As cadeiras eram dispostas ao longo das paredes, ficando os participantes sempre com total visão do grupo. Ocorria de, às vezes, surgirem pontos de vistas discrepantes, defendidos com veemência por alguns dos presentes. Hamilton lidava com isto de modo natural, apenas controlando a situação para que não ultrapassasse os limites da boa convivência ou trouxessem desequilíbrios prejudiciais ao trabalho como um todo.

Pode-se dizer que o grupo espírita do Hamilton nunca deixou de ser familiar. Começou na sala da própria casa e depois, tempos depois, com o interesse crescente de outras pessoas, exigiu um espaço quase que somente dele.

Como outros tantos grupos semelhantes, o do Hamilton serve de exemplo para a quebra de alguns mitos que o tempo cuidou de criar.

Por exemplo, a de que a mediunidade praticada em casa vem acrescida de perigos incontornáveis. Não é esta a verdade. Pelo contrário, a mediunidade praticada em qualquer lugar, não importa qual, contém exigências que, bem atendidas, produz resultados altamente positivos. O contrário é também verdadeiro. Quando não conduzida com os cuidados necessários, bom-senso e conhecimento de causa ela produz desastres.

Muitos estudiosos e líderes reconhecidos fizeram de seus encontros familiares momentos de interatividade positiva com o mundo dos Espíritos. Herculano Pires, por exemplo, mantinha um grupo na garagem de sua casa, ali onde hoje está instalada a fundação que leva seu nome.

A bem da verdade, centros espíritas de diversas latitudes, antes de tornarem-se organizações tradicionais foram grupos familiares de sala de jantar. Somente depois, saíram de casa para ocupar um espaço exclusivo.

A história do Espiritismo está repleta deles.

A PARTIDA, OS AMIGOS

Quando fundamos, em 1989, a Associação dos Jornalistas Espíritas do Estado de São Paulo, Hamilton Saraiva se juntou ao grupo inicial para continuar na sua luta pelo teatro e seu desenvolvimento no meio espírita. As suas dificuldades eram de toda ordem, mas a principal era cultural.

Apesar da grande bagagem acumulada por Hamilton no trato com o teatro amador, o ambiente espírita, pode-

-se dizer, mantinha-se refratário ao teatro de qualidade, o que era perseguido com afinco pelo Hamilton. E foi a persistência que lhe garantiu grandes conquistas aí.

Faltava-lhe local para ensaios, dinheiro para as produções, condições para viajar com as peças e até mesmo o interesse pelo teatro nas instituições. E, no entanto, o trabalho do Hamilton era inteiramente gratuito, voltado apenas para a disseminação do conhecimento doutrinário por meio das representações teatrais.

O público, não. Este reconhecia como reconhece o trabalho feito com competência. Mas, como diz o compositor, o artista tem que ir onde o povo está, mas, às vezes, não consegue chegar por conta de barreiras intransponíveis. E quando estas são culturais, mais difíceis ainda, porque se apoiam em percepções superficiais para estabelecer julgamento de valor e definir penalidades.

A partida do Hamilton em 2005 foi sentida fortemente por aqueles que o conheciam de perto. E principalmente no meio teatral amador. Tomo a liberdade de reproduzir um depoimento publicado na Internet, por retratar bem o sentimento. Foi escrito pelo jornalista Carlos Pinto, então Secretário de Cultura de Santos. Vejamos[3].

"AMIGOS, IRMÃOS, PARCEIROS....

Nos conhecemos na segunda metade dos anos sessenta, quando já estava instalado o regime militar no país. Foi durante o V Festival Estadual de Teatro Amador, cuja fase final foi realizada em Presidente Prudente. Ali

---

3 http://www.bethynha.com.br/espacocultural.htm

se reuniu um grupo que mais tarde fundou a Confederação de Teatro Amador do Estado de São Paulo. Corria o ano de 1967.

Era interessante notar que todos nós já nos conhecíamos de nome, e como o meio teatral é muito pródigo em fofocas e maledicências, nos olhávamos como inimigos. Mas o referido Festival produziu algo que até hoje ninguém mais conseguiu. Reuniu os supostamente contrários, que se alinhavam em um mesmo sonho, separados que estavam apenas por regionalismos e futilidades criadas por aqueles que não tinham compromissos com o futuro ou com o progresso coletivo. E ele, Hamilton Saraiva, foi o tecelão que reuniu os fios, teceu e costurou uma organização que jamais foi igualada no país: A COTAESP. Dele partiu minha indicação para a eleição da primeira diretoria executiva da entidade, e dele saíram todas as minutas de projetos de leis e de decretos governamentais, que permitiram ao teatro amador de São Paulo ocupar um lugar de destaque no Brasil.

Foi o construtor anônimo de todos os detalhes que nos permitiram durante anos, construir teatros no interior do Estado, alimentar os grupos amadores e suas Federações com literatura teatral da melhor qualidade, realizar cursos e palestras para os amadores, enfim: produzir um teatro de qualidade que concretizou espetáculos de primeira linha. Isto em uma época em que a censura se abatia rigorosa sobre o país, e enquanto boa parte se recolhia para evitar retaliações, nós íamos à luta atrás dos nossos sonhos de cultura e liberdade para o povo brasileiro.

Ele pagou seu preço, como alguns de nós. Foi o

primeiro preso da OBAN - Operação Bandeirantes, que mais tarde trocaria de nome para DOI-CODI. Mas tais prisões apenas serviam de alento para nós, que não estávamos a fim de entregar o jogo para os inimigos. Continuamos nossa batalha até o final dos anos setenta, quando resolvemos nos retirar de cena, e dar lugar aos jovens infensos que, ao perceber que a ditadura se esvaia em seus pecados, saíram debaixo das saias das mamães, para se proclamarem como os pais da libertação. O tempo se encarregou de provar que a "festividade" esquerdista gerada em butecos, só produziu neófitos e bajuladores de sistemas governamentais, sempre aptos a ocupar um carguinho ou uma sinecura para receber alguns trocados, ficando à mercê desses sistemas. Ele, Hamilton Saraiva, sofria com o desmanche do movimento teatral amador de São Paulo, e não se conformava. Continuou seu trabalho na USP/ECA, formando novos profissionais para as artes cênicas.

Hoje, essa coisa que se alimenta do silêncio, calou sua voz para sempre. E nós, seus parceiros, seus amigos e irmãos, pranteamos sua morte. Mas temos a certeza de que no plano superior onde se encontra, continuará olhando por todos. Nós que devemos a ele momentos inesquecíveis de sabedoria, paciência, tranquilidade e humanismo, neste momento, ficamos órfãos de sua presença terrena. Mas temos a infinita certeza de que nos encontraremos em outra oportunidade, para continuar a luta em favor da cultura brasileira, de uma justiça social plena, em favor de um governo que seja pai e não padastro.

Hamilton, você cumpriu sua missão como poucos o fizeram, portanto, descanse na paz do Senhor".

As qualidades destacadas por Carlos Pinto nessa página são um reconhecimento verdadeiro do valor desse nosso amigo, que teve no Espiritismo a sua grande fonte de inspiração.

Outro que lhe prestou singela homenagem, também, foi o Amilcar Del Chiaro. Três anos depois, Amilcar também partiu. Vejamos.

"Bravos, Hamilton Saraiva

O palco da vida estava montado. O cenário era a UTI de um hospital. Hamilton Saraiva resistia ao assédio da morte. O drama se desenrolava pesado. A música de fundo era um réquiem. Os órgãos vitais que nunca apareceram destacadamente, agora eram atores coadjuvantes, mas importantes no desenvolvimento do enredo. Um a um foram se apagando e o nosso personagem teve que afastar-se para a coxia do palco, porque o seu papel findou no tremendo drama evolutivo. Contudo, tranquilizem-se, porque ele voltará ao palco encarnando um novo personagem.

Mas, estou saudoso do amigo e companheiro que em tantos momentos mágicos encantou-nos com a sua arte. Quantos papéis ele interpretou? Quantas peças ele dirigiu? Não sabemos dizer. Porém, nossas lembranças se fixam num Hamilton vestido de palhaço e dirigindo uma troupe no palco. *O Gran Circo Fluídico*. Assistimos a peça várias vezes e em todas voltávamos à nossa infância e ríamos à bandeiras despregadas com as anedotas inteligentes, numa crítica mordaz mas ao mesmo tempo construtiva do movimento espírita.

Havia magia na sua interpretação. Adoro palhaços e

acredito, ou melhor, a criança que vive dentro de mim acredita que os palhaços são incapazes de cometer atos ruins. No caso do Hamilton levávamos essa assertiva ao extremo, pois Hamilton em roupas civis ou com a vestimenta de palhaço era incapaz de prejudicar quem quer que fosse.

De repente vem à nossa memória a letra de um samba famoso: cara de palhaço, pinta de palhaço, roupa de palhaço... É assim que o vejo. Nariz vermelho, rosto pintado, roupa de cores berrantes e um sorriso enorme nos lábios. Olhos brilhantes de satisfação por ver a vida transformar-se em alegria.

Hamilton esposo dedicado... Hamilton pai extremoso, cidadão, professor, iluminador de palcos dos teatros e do grande palco da vida. Sabe, Hamilton, vou olhar o céu todas as noites estreladas, porque, com certeza, logo vou ver as estrelinhas se juntarem saltitantes, enquanto uma estrela maior se destaca no meio do círculo dando cambalhotas, e a lua cheia terá no rosto um sorriso bonachão. Até breve Hamilton Saraiva. Até breve, amigo. Deus te abençoe".

ANTONIO LUCENA

Às vezes a distância aumenta a amizade e a ausência a torna mais doce.

Howel

WILSON GARCIA

FOTÓGRAFO DE COISAS E GENTE

Existe a arte fotográfica e a arte de ver a vida pelas lentes da máquina fotográfica. São duas coisas diferentes que algumas vezes convergem. Ambas, porém, guardam entre si o traço comum das imagens. As máquinas permitem um outro olhar, mas não olham. Registram mas não possuem. É o olhar primeiro, o do homem, que marca e toma posse. Este olhar é quase fílmico, pois é capaz de registrar o antes e o depois. O olhar da máquina, mesmo quando dotado da ilusão do movimento, apenas retém o instante, o momento.

As imagens na tela da mente, capturadas pelo obturador humano, está em contato com a realidade percebida. As imagens produzidas pela máquina perdem o contato com esta mesma realidade no momento seguinte do instantâneo. Embora se costume dizer que a realidade está presente na imagem, a verdade é que ela lhe escapa, se distancia e clama sempre pelo contexto para ser desvendada.

Antonio Lucena, como o conhecíamos, fez na vida dois tipos de imagens: uma primeira, dotada de signos visuais; uma segunda, dotada de signos linguísticos. As duas, no entanto, se encontram no momento mágico da palavra, pois as imagens fotográficas, à parte os mitos que lhes impregnam, seguramente dependem da palavra e nela se ancoram para produzir sentidos.

Curiosa esta constatação, que a mim mesmo surpreende. Lucena foi fotógrafo até mesmo quando produziu registros de vidas em narrativas textuais. Concisos, quase instantâneos. Relatos breves e de mesmo peso e importância das imagens que fizeram sua carreira profissional. Imagens de vidas, vidas lembradas. Retratos cujos traços só podem ser feitos no espaço da mente, pela ação do imaginário.

As imagens pedem palavras, as palavras desenvolvem imagens e as duas, imagens e palavras, desafiam a realidade no seu poder interno de confirmá-la e negá-la ao mesmo tempo, numa ambiguidade própria. Confirma até os limites do recorte e nega tudo que o recorte omite. Mas vai além, ao confundir o observador em sua percepção da imagem e do texto, desafiando-lhe para um desvendamento que não pode ser feito sem a ação direta da realidade negada.

Lucena tinha preocupação com a vida e sua possibilidade de desaparecimento. Não falo dessa vida do corpo, mas a do espírito. Nem me refiro a esse desaparecimento inevitável, mas ao vazio dos feitos, que o vento do esquecimento leva sem que ninguém perceba. De repente, a vida desaparece, essa vida cheia de energia, pujante, pensante e sonhadora. E ninguém nota, por pura desatenção.

Lucena, que registrava imagens, passou a registrar vidas. Ele, que entendia de signos visuais, passou a usar signos linguísticos e com eles evitar duas coisas: que a memória seja injusta com as vidas e as vidas desapareçam rápido demais, mesmo a daqueles que não tiveram os lampejos dos gênios ou as conquistas do marketing. Aqueles que viveram simplesmente, mas pensaram o espírito, desejaram-no, e o distribuíram por aí.

 Conheci Lucena pelo Correio Fraterno. Vivemos juntos alguns bons episódios e algumas crises também. Depois que me mudei para Recife, pude compreender culturalmente um pouco melhor aquele ser.

 Lucena foi fotógrafo de artistas famosos. A máquina fotográfica era-lhe a extensão dos braços e do olhar. Assim como o escritor precisava de sua máquina de escrever antes e agora não dispensa o notebook, Lucena estava sempre munido de sua objetiva.

 Tinha ele o sentimento da partilha, quando o assunto era informações, documentos, imagens. Um dia me convidou para algumas palestras no Rio de Janeiro, lá pelos idos de 1977. Havia pouco tempo que trocávamos informações. Organizou ele um roteiro e lá eu fui, confiante. Hospedou-me em seu apartamento em Santa Teresa, logo ali, na subida do morro, onde fui recebido pela esposa, Deusa. Sim, Lucena cantava Nelson Gonçalves e a Deusa não era apenas de sua rua, mas de suas quatro paredes.

 Fora uma semana cheia de atividades. Foi nesta ocasião que conheci duas figuras importantes do espiritismo brasileiro, duas personalidades bem distintas entre si. Uma delas foi Francisco Thiesen, já então presidente da FEB. A outra, Altivo Pamphiro, presidente do Centro Espírita Léon Denis, um dos mais prósperos do Rio de Janeiro.

Falemos primeiro de Pamphiro. Fiquei deveras impressionado com a organização do centro que ele dirigia, bem como com o método empregado na reunião em que fui convidado a falar. Um salão imenso, mais ou menos 500 pessoas presentes e era um dia de semana, daqueles que reserva o dia seguinte para compromissos profissionais. Em cada cadeira havia um exemplar de *O Livro dos Espíritos* com a página do assunto do dia marcada. Todos deveriam seguir o estudo e o palestrante apenas após faria uma abordagem.

Era no mínimo inusitado. Altivo, então ainda no corpo físico, a tudo coordenava com tranquilidade. Ao final de minha palestra ele fez elogios, mas não deixou de registrar que eu havia fugido um pouco do tema. Era cioso com a disciplina. Mas era também homem de opiniões próprias, inclusive sobre o movimento espírita, do qual discordava em pontos fundamentais tais como a organização federativa, as formas de controle etc.

O Léon Denis cresceu muitíssimo mais depois desta ocasião. Altivo era dinâmico e por isso mesmo muito respeitado. Podia-se discordar de suas opiniões, mas não se podia desconsiderar sua influência positiva.

Minha estada com Francisco Thiesen teve alguns lances curiosos. Expressei ao Lucena meu desejo de encontrar-me com ele. Havia pouco tempo que eu assumira a gerência das livrarias da Federação Espírita de São Paulo, então a maior revendedora deste país de livros espíritas. E não era segredo para ninguém que a FEB era já a maior editora. Lucena ficou de providenciar, mas, quando lhe cobrei, disse que não havia agenda na FEB. Insisti com ele, mas senti que não seria bem sucedido. Recorri a um amigo próximo da FEB que convenceu o Thiesen a receber-me em seu gabinete. Eram cerca de 16 horas quando Thiesen veio ter comigo. Era uma figura austera, mas afável. Quis saber sobre a Federação de São Paulo e suas atividades. Na verdade, Thiesen estava bem informado de tudo o que se passava de mais importante na política espírita brasileira. Não poderia ser diferente.

A Federação continuava, como sempre, com sua disposição hegemônica no Estado de São Paulo. Três anos antes, enterrara todas as pretensões de uma fusão com a União das Sociedades Espíritas, a USE. Saíra do episódio machucada e disposta a aumentar sua influência no estado. Isso preocupava ao Thiesen, pois a FEB só reconhecia, como ainda hoje, a USE como representante do estado no seu Conselho Federativo Nacional.

Nesta conversa que durou cerca de quarenta minutos, Thiesen mencionou preocupação com as atividades da senhora Cidinha Garbatti, pertencente aos quadros da Federação. Cidinha era bastante ativa e individualista. Desenvolvia um trabalho no campo da mediunidade e da assistência espiritual. Mantinha contatos com vários centros no país, que lhe seguiam as ideias. Ou seja, não agia apenas no estado de São Paulo.

Preocupava ao Thiesen algo ainda maior: Cidinha estava agora incursionando pela América Latina e já havia implantado atividades na Colômbia. Suas pretensões eram, portanto, internacionais, de expansão do modelo brasileiro e, especialmente, um modelo pessoal, dela. Isso, de alguma maneira, trazia dificuldades às pretensões de Thiesen, que então planejava projetar a FEB no cenário internacional.

Thiesen era um dirigente com visão política. Podia-

-se discordar de suas ideias e da instituição que ele representava. Mas não se pode negar sua capacidade de fazer convergir para a FEB a adesão de importantes lideranças regionais. De forma discreta, solicitou-me transmitir à direção da Federação de São Paulo suas preocupações.

É preciso esclarecer que, então, sequer se esboçavam as ações internacionais da FEB que depois levariam à criação do atual modelo existente. Mas Thiesen, como bom político, via mais à frente.

Antes de nos despedir, Thiesen levantou-se e foi até uma grande estante situada logo atrás de sua poltrona. De lá retirou três exemplares de livros que me entregou, depois de autografá-los. Eram, respectivamente: *O Livro do Centenário* (1906), *Trabalhos do Grupo Ismael* (1941) e *Esboço Histórico da Federação Espírita Brasileira* (1924).

Coincidência ou não, alguns anos depois, os três livros me seriam muito úteis nos estudos sobre o pretendido corpo não material de Jesus, defendido estatutariamente pela FEB e colocado em evidência na obra em três volumes *Allan Kardec*, assinada por Thiesen e Zêus Wantuil, lançada a partir de 1979. Os referidos livros compõem as referências bibliográficas do meu livro de refutação, intitulado *O Corpo Fluídico*.

DE RIO DE JANEIRO E OUTROS LUGARES IMAGINÁRIOS

Lucena chegou jovem no Rio de Janeiro e, sem perder a identidade nordestina, assumiu a nova identidade carioca, com todos os seus atributos e características.

Naturalmente, como ocorre com qualquer pessoa, por força da influência cultural. O regionalismo, portanto, está aí presente com todas as suas forças e esse regionalismo desencadeia imaginários próprios. Com minha ida ao Rio de Janeiro por convite do Lucena, conheci alguns outros dirigentes ainda, como foi o caso do Antonio Paiva Mello, presidente da União das Sociedades Espíritas do Rio de Janeiro (USEERJ), que depois viria a assinar uma das apresentações do meu livro O *Centro Espírita*, cuja primeira edição apareceu em 1978.

De volta a São Paulo, continuamos, Lucena e eu, nos comunicando, ora por correspondência, ora por telefone. Ele sempre presente com seus trabalhos biográficos ou com notícias no *Correio Fraterno do ABC*.

Quando lhe comuniquei minha disposição de levar avante a escritura do livro *O Corpo Fluídico*, que seria, basicamente, uma réplica ao *Allan Kardec*, de Thiesen e Wantuil, Lucena se colocou à minha disposição. E como me auxiliou! Só pediu uma coisa: discrição. Isto mesmo, não queria de forma nenhuma aparecer, nem sequer ser mencionado entre aqueles que eu, naturalmente, agradeceria no livro.

Isto me levou a escrever o seguinte, ao final da apresentação: "Para finalizar, queremos registrar o nosso agradecimento a todos aqueles que contribuíram com nossas pesquisas. Sem essas contribuições, deixaríamos certos aspectos, principalmente de ordem histórica, incompletos. Dado que alguns pediram anonimato, deixamos de mencioná-los. Saibam, porém, que este livro muito lhes deve".

Devo a Lucena alguns documentos preciosos, bem

como alguns livros raros, que foram de importância enorme para o estudo do assunto. Um desses documentos foi o artigo escrito por Carlos Imbassahy, inédito, cuja cópia Lucena conseguiu com a viúva e enviou-me para colocar no livro. Seu título: "O Corpo Fluídico". Devo a Lucena, também, os primeiros contatos com o inesquecível Francisco Klörs Werneck, tradutor das obras de Ernesto Bozzano para o português. Lucena informou ao Werneck do meu interesse por ele e sua colaboração. Werneck ligou-me, imediatamente, colocando-se à disposição. Mas não fez apenas isto. Alguns dias após, recebia eu pelo Correio um pacote de livros enviados por ele. Alguns eram obras raras, verdadeiras relíquias conhecidas de poucos.

Até o final da escritura do livro, Lucena, Werneck e Rizzini tudo fizeram para que o livro pudesse assentar-se em documentos primários ou informações de segunda fonte, mas inteiramente confiáveis.

Depois de publicado, Lucena ajudou a divulgá-lo no Rio de Janeiro, embora ainda de maneira discreta. Era contra a tese do corpo fluídico pretendido para Jesus, mas não desejava que o assunto fosse causa de rompimento de amizades antigas com pessoas de suas relações que a adotavam.

Algum tempo depois, porém, Lucena mostrou-se visivelmente contrariado com minhas posições diante de questões importantes. Foram dois os assuntos que o fizeram desgostoso: um trabalho crítico às obras psicografadas por Rose dos Anjos e os desencontros ideológicos com a Associação Brasileira de Jornalistas e Escritores Espíritas (Abrajee).

Rose e Abrajee viraram temas polêmicos no

espiritismo da década de 1980. E Lucena estava envolvido com os dois. Fazia parte da direção da Abrajee e, portanto, tinha razões para não aceitar os seus críticos, principalmente os paulistas. O tema assumiu uma feição regionalista, uma disputa entre paulistas e cariocas, embora nem eu nem ele fôssemos, de fato, paulista ou carioca.

A feição regionalista era apenas o pano de fundo para uma questão mais profunda que viria a ser solucionada apenas em 1995, ou seja, mais de dez anos após a sua eclosão. A Abrajee necessitava de mudanças amplas em sua estrutura e como sua direção e sede eram localizadas no Rio de Janeiro, a questão apresentou-se como uma disputa entre paulistas e cariocas.

Quando, finalmente, os diretores remanescentes da Abrajee (sua direção foi aos poucos e naturalmente esvaziando, revelando a fraqueza da estrutura) aceitaram as mudanças que vinham sendo pleiteadas, muitas amizades já haviam entrado em um processo de degradação quase irreversível.

A questão relacionada a Rose dos Anjos foi de outra ordem. A médium residente no Rio Grande do Sul estava em processo de projeção nacional através de alguns livros que havia psicografado, com assinaturas de mensagens feitas por artistas de grande conceito, como as cantoras Maysa e Elis Regina. Eram cerca de oito volumes, cinco deles com o título *Ah Se Eu Soubesse*.

Rose ganhou a simpatia do empresário gaúcho Pedro Elba Zabaleta e este não somente financiou as suas obras como, de fato, tornou-se uma espécie de empresário da médium, passando a divulgá-la pessoalmente em viagens pelo país.

No Rio de Janeiro, Zabaleta conquistou a simpatia do Lucena que, como se sabe, foi fotógrafo destas notáveis cantoras. Lucena se simpatizou imediatamente com os livros e passou a utilizar suas relações para divulgá-los. Foi ele quem nos falou primeiramente das obras e das mensagens que tais personalidades assinavam. E falou com entusiasmo.

Mas, ainda no Rio de Janeiro, Zabaleta não conseguiu a adesão de outros espíritas por ele procurados. Pelo contrário, recebeu algumas críticas endereçadas à obra e uma delas foi feita pelo cientista e espírita Carlos de Toledo Rizzini, irmão de Jorge Rizzini. Zabaleta, naturalmente, ficou desgostoso com isso.

Quando de sua estada em São Paulo, Zabaleta nos procurou. Encontrei-me com ele nas dependências da Federação Espírita de São Paulo, juntamente com o amigo e então gerente das livrarias daquela Federação, Jamil Bizin, e dali saímos para um almoço em um restaurante próximo.

Zabaleta contou-nos sobre os livros, dos quais, evidentemente, dizia maravilhas, mas não escondeu as críticas que ouvira e a mágoa que essas críticas lhe causavam. Tinha ele, segundo dizia, uma razão para estar magoado: os críticos não apresentavam razões claras e isso o contrariava ainda mais.

Foi por solicitação dele que resolvi analisar o assunto. Ali mesmo, entregou-me um exemplar de cada um dos livros então publicados, com a solicitação de um estudo sério.

Foi o que procurei fazer. No Suplemento Literário do *Correio Fraterno do ABC*, fevereiro de 1984, fiz publicar uma ampla análise da obra de Rose dos Anjos. Realmente, o que vi me pareceu estarrecedor. Para resumo de conversa, os livros continham mensagens assinadas por diferentes espíritos, mas o estilo denunciava a escritura de uma mesma e única pessoa. Este e outros fatos não poderiam ser omitidos. Do Rio Grande do Sul, Zabaleta escreveu-me, furioso. Exigia a publicação de uma resposta impossível, que mais parecia um livro do que a refutação da análise feita. E mais, a impossibilidade de publicação resultava, também, da utilização, por Zabaleta, de termos chulos, agressivos e impróprios para qualquer veículo da imprensa escrita.

O fato da crítica aos livros da Rose dos Anjos deixou Lucena imensamente contrariado. Inadvertidamente, ele havia assumido a obra e agora se sentia desautorizado. Mais tarde, porém, pôde verificar o erro em que incorrera, deixando de lado a divulgação daquela obra que, aos poucos caiu no esquecimento.

Nossas relações se arrefeceram bastante por conta destes dois episódios. Mas Lucena continuou sendo fotógrafo de coisas e gente, participando ativamente do registro da história viva do espiritismo brasileiro.

Jorge Rizzini não o perdoou quando escreveu o livro biográfico de Herculano Pires em 2001. Deixou registrado o fato de Lucena haver se colocado contra Herculano num episódio de grande repercussão nacional e que ficou conhecido como a adulteração de *O Evangelho Segundo o Espiritismo*, com a famosa tradução de Paulo Alves Godoy publicada pela Federação Espírita do Estado de São Paulo.

Quando de um outro episódio, a transformação da Abrajee em Abrade, ocorrida na sede da USEERJ, lá mesmo, no Rio de Janeiro, Lucena participou dos trabalhos e providenciou o seu registro fotográfico. Continuou mantendo sua posição pessoal em relação a alguns acontecimentos, como o da adesão da Abrajee ao Conselho Federativo da FEB, ocorrida anos antes e que gerara então grandes conflitos, mas não se omitiu em nenhum momento de discutir o assunto.

Antes, havia ele participado ativamente da decisão da médium Dolores Bacelar, pernambucana como ele, mas também radicada há muitos anos no Rio de Janeiro, de doar suas excelentes obras psicografadas à Editora Correio Fraterno do ABC, cujo acontecimento relato alhures. Dolores consultou-o sobre a Editora, da qual eu fazia parte, e Lucena recomendou-a sem pestanejar. Ligou-nos para relatar o assunto, encaminhou Dolores até a Editora e acompanhou o fato até seu desfecho final.

VALENTIM LORENZETTI

A primeira lei da amizade consiste em pedir aos amigos coisas honestas e em fazer por eles coisas honestas.

Cícero

IDEAL E SILÊNCIO

Foi na partida que Valentim me deu um susto. Não pela partida, pois estamos diante dela desde o primeiro instante da vida. Pela idade. Valentim tinha, apenas, 52 anos em 1990 quando precisou se ausentar dos nossos olhos. A mesma idade do meu pai.

Percebi, ali, o quanto havia deixado de viver as experiências de sua parceria amiga. Ele, agora, na espiritualidade e o consolo dos amigos, a dizerem que estaria mais próximo. Sim, mas então diferente. Queria-o aqui, visível, tranquilo como parecia ser sempre.

Desde quando passou a escrever na *Folha da Tarde*, que já não mais existe, que o lia. Desde quando o encontrava nas atividades comuns que o abordava. Nem tanto pelas crônicas, honestamente, mas a figura me era simpática. As crônicas cumpriam o objetivo de estimular as pessoas em sua trajetória de vida; a figura era de alguém que parecia estar sempre disposto a ouvir com carinho.

Em 1989, quando estava em curso a fundação da Associação dos Jornalistas Espíritas do Estado de São Paulo (AJE-SP), atualmente na pele da Associação dos Divulgadores do Espiritismo do Estado de São Paulo

(ADE-SP), procurei-o para integrar-se a ela. Não o pensava ali apenas como jornalista que era, mas como homem de Relações Públicas, com história e lastro.

Ações coordenadas de Relações Públicas era uma lacuna no meio espírita de então, como ainda hoje. Em casa de ferreiro o espeto é mesmo de pau, como afirma a inigualável sabedoria do homem simples. O Espiritismo nasce da comunicação entre pessoas de dois planos, mas muitas vezes esquece-se da comunicação no plano das coisas concretas, a que chamamos de realidade.

Valentim tinha sua história aí, pois foi um dos fundadores do serviço de Relações Públicas com modelo brasileiro. Pensava-o, na época, oferecendo sua experiência neste campo aos centros e instituições espíritas. Ele não dispunha de tempo por conta de suas inúmeras responsabilidades, como me revelou, mas prometeu colaboração assim que pudesse.

A verdade era um pouco diferente. Valentim lutava contra a corrosão do próprio corpo físico, uma luta silenciosa e dura. Ficou algum tempo retido ao leito, ergueu-se e quando falamos com ele sobre a prévia do X Congresso Brasileiro de Jornalistas e Escritores Espíritas marcada para o início de 1990 em Contagem, Minas Gerais, quis mais do que nunca estar presente.

Em 1986, quatro anos antes, com o vigor de uma vida em plena energia, Valentim foi o mestre de cerimônias do X Congresso, realizado em São Paulo. Sua imagem está registrada no Centro de Convenções Rebouças, onde o evento foi aberto numa noite de grandes lembranças. Coube-lhe dar a direção das falas e sons.

Valentim conduziu a sessão com grande discrição, na presença de reconhecidas lideranças espíritas. Como era de seu feitio e como era protocolar. Em Contagem, sem que ninguém soubesse, estava ele despedindo-se de todos. Fez a palestra de abertura das prévias e retirou-se. Vinha, como disse, de um período de convalescença e precisava descansar. Estava mais magro, mas alegre, de uma alegria serena. Retornou naquele mesmo dia para São Paulo.

Todos nós ali presentes, entre os que sabiam de sua luta, esperávamos vê-lo plenamente recuperado. As coisas não correram assim. Não eram para ser.

As prévias do congresso assumiram cores pesadas, as energias esquentaram e o congresso jamais saiu do papel. Ficou apenas nas prévias. Uma divisão imensa criou um fosso profundo entre os grupos em litígio, culminando por inviabilizar o congresso de tantas tradições e importância.

Os homens entre si são como os casais que se amam. Quando as ideias e as necessidades eleitas dividem, costumam ficar para trás os momentos de ternura, esquecidos pelos cantos empoeirados.

Pouco tempo depois, a notícia da partida de Valentim.

Mais o admirei que vivi experiências com ele. Por isso, animo-me em registrar sua existência aqui, culminando com a seguinte transcrição de um texto escrito sobre ele por aqueles que o amam. Vejamos.

"Valentim Lorenzetti (1938 - 1990)

O fundador da LVBA Comunicação é, até os dias de hoje, uma referência quando o assunto é integridade e ética. Foi um homem que se destacou não somente como profissional mas, sobretudo, como ser humano.

Filho de imigrantes italianos, passou a infância e a adolescência no interior do estado de São Paulo. Nasceu e viveu, até concluir o primeiro grau, em Ribeirão Bonito. Foi para Araraquara a fim de concluir seus estudos e cursar o segundo grau.

Aos 18 anos veio para São Paulo em busca de um sonho: estudar Medicina. E, para isso, era preciso ter recursos, pois se tratava de um curso caro. Como sempre se destacou no estudo da língua portuguesa, assim que chegou em São Paulo, em 1957, conseguiu o emprego como revisor no jornal Folha de São Paulo.

Logo nesta época, percebeu que sua real vocação era o Jornalismo. Só saiu da Folha de São Paulo em 1968 quando respondia, há praticamente dois anos, pela Chefia de Reportagem.

Era apaixonado pelo Jornalismo e muito crítico com relação à postura – muitas vezes fria – da maior parte dos colegas. Tinha um carinho especial pelas histórias humanas. Adorava os personagens que entravam na redação durante os plantões de finais de semana para contar histórias, chorar ou, simplesmente, compartilhar alegrias.

Abrir mão do Jornalismo, só mesmo por um novo desafio. E foi assim que Valentim saiu da Folha de São Paulo e foi conhecer uma nova profissão. Em 1968, aceitou o convite para fazer parte do departamento de Relações Públicas da J. Walter Thompson, com o cargo de assistente de redação. Da JWT desligou-se em 1976, quando então respondia pela direção do departamento de Relações Públicas, para fundar sua própria empresa – a LVBA Comunicação e Propaganda Ltda.

O Jornalismo ele nunca abandonou e, contrário à maioria de seus amigos, sua aposentadoria seria na máquina de escrever. Para que isso fosse possível ele sabia era necessário profissionalizar a gestão da LVBA.

Contrariando o que o mercado praticava naquele momento, em 1986, durante as comemorações dos dez anos da LVBA, Valentim anunciou a criação do cargo de Diretor Executivo e nomeou Flávio Valsani, profissional que estava na LVBA já há nove anos. Desta forma, Valentim delegou a Flávio a função de principal executivo para que ele, com o tempo, pudesse se dedicar mais à consultoria e à redação.

Mais tarde, em 1990, satisfeito com o rumo da profissionalização que conduziu, novamente inovou. Em reconhecimento à dedicação e ao empenho de Flávio Valsani e de João Aliotti, Diretor Administrativo--Financeiro desde o nascimento da LVBA, transformou--os em seus sócios.

Os laços de Valentim com o Jornalismo sempre foram muito fortes. Manteve, de 1970 a 1984, uma coluna sobre Espiritismo no jornal Folha da Tarde.

Ser espírita, naquela época, era muito diferente do que é hoje. Havia muita confusão sobre o que é espiritismo e o que são as outras religiões, muitas vezes fruto do sincretismo religioso. Além disso havia um certo preconceito em se assumir publicamente como praticante dessa religião.

Valentim nunca se preocupou com isso. Muito pelo contrário. Além de pregar a liberdade de credo e de expressão, acreditava que tinha a obrigação de usar seu talento na difusão dos verdadeiros conceitos sobre o espiritismo. Em 1982, fez uma coletânea das crônicas publicadas até aquele ano e editou o livro *Caminhos de Libertação*. Ainda no campo pessoal, foi um dos iniciadores do CVV – Centro de Valorização da Vida, entidade que trabalha na prevenção do suicídio e foi, durante muitos anos, responsável pela difusão e comunicação desta entidade.

Além da LVBA, da religião, do CVV, da Clínica Psiquiátrica mantida pelo CVV em São José dos Campos, ele sempre trabalhou ativamente em entidades da área de Comunicação. Foi da diretoria do CONRERP (Conselho Regional de Profissionais de Relações Públicas) e da APP (na época, Associação Paulista de Propaganda). Seu último cargo foi como presidente do CONFERP – Conselho Federal de Profissionais de Relações Públicas.

Na área de Relações Públicas, certamente uma das mais importantes ações do Valentim foi a criação e fundação da ABERP – Associação Brasileiras das Empresas de Relações Públicas, em 1983. Trata-se do maior avanço pelo qual passou o mercado empresarial de Relações Públicas no país, já que a entidade foi responsável pela definição de parâmetros que permitiram que a boa conduta profissional deixasse de ser um atributo subjetivo.

Esta iniciativa foi reconhecida pelo mercado e, em dezembro de 1983, ele recebeu, do Conselho Regional de Profissionais de Relações Públicas de São Paulo, o Prêmio Opinião Pública, na categoria Prêmio Especial – categoria especialmente instituída para homenageá-lo pela criação da ABERP.

Em 1990, vítima de câncer, Valentim Lorenzetti morreu. Não sem antes registrar a sua visão, inovadora e ousada. Em 1989, enviou a toda a equipe da LVBA um memorando que se tornou uma das principais marcas da empresa: "Se todos os sonhos se transformarem em realidade é sinal que você parou de crescer. Que haja sempre lugar para um sonho a mais em seu coração. Obrigado pelos sonhos que movem a LVBA" – Valentim Lorenzetti"

PAULO ALVES GODOY

A amizade é uma alma em dois corpos.
Aristóteles

WILSON GARCIA

DE EVANGELHOS
E OUTRAS PARÁBOLAS

O Espiritismo possui uma curiosa diferença para outras doutrinas do conhecimento: o seu comprometimento com a escritura da liberdade e do livre pensar. Ao contrário do que pensam alguns, esta particularidade não compromete a sua unidade, antes, mantém e dá-lhe vigor.

A proliferação dos periódicos voltados à disseminação dos princípios doutrinários constitui-se mais do que uma necessidade. Reflete a importância da criação de espaços para o livre pensar que se assenta nas linhas destes mesmos princípios.

Por livre pensar não se compreende apenas a opinião, filha da liberdade que as democracias privilegiam, mas também o estudo, a pesquisa, a análise crítica e todas as manifestações que contribuem com o progresso, ponto primordial da vitalidade perene do Espiritismo.

Conheci Paulo Alves Godoy no *Semeador*, um jornal que, mesmo depois de ter perdido parte do seu sentido, não quis a Federação Espírita do Estado de São Paulo, sua proprietária, encerrá-lo. Falou mais alto a tradição. Godoy dirigiu *O Semeador* por vários períodos. Em 1976, quando assumi a gerência das livrarias da Federação era ele o seu editor. Fizemos algumas mudanças no jornal, por essa época, na companhia do Jamil Salomão e do Renato Mello. O objetivo era dar-lhe uma feição mais contemporânea. Em 1980, sucedi Godoy nesta mesma direção e, em 1982, voltou ele com a minha saída.

Godoy era um tipo de criatura afável e constante. Não era dado a grandes mudanças, antes, sentia-se realizado se o jornal circulava com regularidade e apresentava bom material doutrinário.

Seu gosto pelas crônicas evangélicas levou-me um dia a sugerir que ele as reunisse e publicasse na forma de livro. Como gerente das livrarias, respondia eu também pela editora da Federação. Godoy aceitou o desafio e foi a partir daí que seus livros começaram a surgir.

Godoy gostava, também, de escrever resumos biográficos. Não era de seu perfil o rigor da apuração das informações, por isso seus resumos biográficos se limitavam a reproduzir fatos conhecidos e às vezes mitificados. Sua pretensão era fornecer exemplos de vidas, para que estes servissem de estímulo aos leitores. Reuniu, ao longo do tempo, bom número de biografias e as transformou em livros, um deles em parceria com Antonio Lucena.

Em 1980, Godoy estava um pouco desestimulado. E só no jornal, sem ninguém a auxiliá-lo. A Federação passava por uma de suas muitas crises internas, de ordem política, com consequências econômicas. *O Semeador*, em suas mãos, circulava com pouca regularidade e poucos exemplares. Raros leitores, baixa tiragem.

Laurito, o presidente, após entendimentos com Godoy, convidou-me para assumir o jornal. Queria sangue novo, mas, acima de tudo, pensava na projeção política de sua administração. Laurito tinha muitos planos para a Federação, alguns grandiosos, e sabia que o jornal era importante para suas pretensões.

Mais, Laurito enfrentava séria oposição às suas ideias e forma de administrar. Com o jornal em destaque, contava reduzir as frentes que postulavam sua queda. Nada disso me fora dito por ele, nem precisava; era evidente.

Preparei um plano para o jornal e solicitei que fosse aprovado pela diretoria, a fim de haver o necessário respaldo. As modificações seriam grandes e, com certeza, poderiam aumentar a crise. Godoy ficaria de fora. Compreendeu, claramente, a situação e estava feliz pela retomada do veículo que ele comandava há tanto tempo.

A nova equipe instaurou no jornal uma época de ousadia. Era formada por jovens jornalistas, alguns estagiários, fotógrafos e ilustradores. Em pouco tempo, sua tiragem saiu dos mil para dez mil exemplares. Acostumados a contar apenas com colaborações espontâneas vindas de escritores e cronistas, os jornais doutrinários praticamente desconheciam uma verdadeira redação, o trabalho de pauta, a reportagem preparada, a entrevista objetiva, os temas da atualidade.

Durou cerca de ano e meio essa nova fase. A realidade da instituição não estava em condições de compreender os conflitos. Paulo Alves Godoy, já no alto de sua idade, foi chamado de novo a assumir o jornal, retornando à velha estrutura. Ele mesmo, constrangido, ligou-me para dar a notícia da mudança de rumo.

A explicação é simples: *O Semeador* despertou o interesse de muitos leitores, a maioria frequentadores da Federação, mas viu surgir, também, contra si a voz do conservadorismo pouco afeito à reflexão crítica, linha adotada pelo jornal. Alguns diretores influentes passaram a cobrar uma mudança de linha editorial. Queriam, de fato, o retorno à fase anterior e o motivo para isso apareceu quando da ida à Federação do médium Edson Queiroz para a realização de curas espirituais, patrocinada pelo jornal.

Godoy voltou ao comando do jornal e o jornal, novamente sem o apoio necessário e sem equipe, perdeu grande parte de seus leitores.

* * *

Em 1984, sugeri à Federação, agora sob o comando do bom amigo Teodoro Lausi Sacco, a edição de um livro histórico dos cinquenta anos da instituição, a serem comemorados dali dois anos. O plano foi aprovado e Godoy tornou-se um dos colaboradores importantes. Fazia quase quarenta anos que ele participava da Federação e detinha em seu poder documentos da maior importância.

Fui ter com ele em seu apartamento da Rua Haddock Lobo, em São Paulo, para onde havia se mudado recentemente. Conversamos longamente, não apenas sobre a história da Federação, mas também sobre o problema, que ainda o incomodava, da tradução que fizera de *O Evangelho Segundo o Espiritismo*.

Godoy passou por maus momentos por conta daquela tradução, publicada em 1974. Reconheceu que havia cometido muitos erros, mas dizia-se influenciado por outros amigos, sem reunir as condições ideais para o trabalho. Confessou-me, na ocasião, que seu conhecimento da língua francesa era insuficiente para o trabalho. Precisara ele, uma vez convencido de assumir a tradução, retomar os estudos linguísticos de muitos anos antes, já em grande parte esquecidos.

Fiquei tocado com sua sinceridade e disse-lhe que, se quisesse, poderia rever a tradução, retificando-a em seus aspectos comprometedores. Paulo quedou em silêncio por alguns minutos, ao fim dos quais decidiu que era melhor não mexer mais no assunto.

Foi de fato a decisão mais acertada. A infeliz tradução abalou o país inteiro e colocou Godoy no centro de um grande conflito. Ele ficou em silêncio durante todo o desenrolar da demanda. Herculano Pires, o baluarte das reivindicações, com sua inteligência agia vigorosamente no sentido de desmontar as forças que urdiram aquela tradução.

Godoy não decidira realizá-la sozinho. Foi parte de uma equipe e foi incluído nela com o bonde andando. Os idealizadores da tradução o procuraram e propuseram o trabalho. Godoy sentiu-se honrado e não pesou a situação. A ideia era fazer uma tradução da mais vendida obra de Allan Kardec em linguagem fácil e contemporânea, capaz de alcançar um número ainda maior de pessoas.

Tradução e traição são coisas muito próximas quando se trata de combinar ideias e línguas, como registra o ditado italiano. O perigo aumenta quando se mexe em obras envoltas em tradição, pois não se têm claros os limites a serem observados. Os idealizadores da tradução se fizeram também orientadores e consultores de Godoy. O desfecho foi o pior possível. A primeira edição, publicada pela Federação, foi da ordem de trinta mil exemplares. E ficou nisso, depois que Herculano Pires se movimentou para apontar os graves equívocos incorridos e resultantes da imprudência.

Anos depois, em nossa conversa, Godoy ainda possuía as feridas daquele acontecimento [4].

Nossa conversa, então, rumou para o cinquentenário da Federação. Godoy adiantou-me diversas fotografias com registros de momentos históricos que ele colecionara, confiando-me a sua guarda. O trabalho estava apenas começando. Havia, ainda, a necessidade de registrar relatos de memória, levantar documentos textuais, enfim, um grande trabalho estava pela frente, mas já era um começo e Godoy, embora um pouco adoentado, se dispunha a colaborar.

Um ano depois, o projeto fracassou. A divisão política na Federação alcançava a própria diretoria e ali não havia entendimento sobre o encaminhamento do assunto. Muitos documentos eram sonegados ao pesquisador, impedindo o desenvolvimento da pesquisa, apesar da aprovação anterior, ali mesmo, por aquela diretoria.

A história da Federação – e Godoy concordava com isso – merecia um bom registro. Há episódios importantes nesta história que demonstram que não raras vezes a virtude supera as fraquezas humanas e, apesar dos conflitos a envolverem os seres alcançam-se resultados extraordinários.

---

[4] Sobre este episódio, consultar os livros *Na hora do testemunho*, de Herculano Pires, e *J. Herculano Pires, o apóstolo de Kardec*, de Jorge Rizzini.

A Federação de São Paulo, já o registrei alhures, conseguiu o feito extraordinário de superar as barreiras culturais existentes entre os espíritas e instaurar cursos regulares de espiritismo, quando muitos se opunham a isso com força.

Este fato é por si só de valor grandioso, à parte as discussões sobre metodologia, modelo pedagógico etc. O feito alcançado pela Federação estabeleceu um marco divisório do espiritismo no país, cujas repercussões ainda hoje são percebidas.

Os cursos tiveram início em 1950. Até ali, o aparecimento de centros espíritas se dava sobre a base da mediunidade, que assumia contornos de praticidade como aspecto principal. Os pensadores espíritas eram dispersos como os próprios centros.

A instituição dos estudos regulares alterou o curso dos acontecimentos. Os centros passaram a contar com indivíduos que privilegiavam o estudo, base de qualquer atividade mediúnica ou não. A mudança foi, portanto, qualitativa.

Uma boa obra neste sentido está ainda por ser escrita.

CARLOS JORDÃO DA SILVA

É muito difícil conhecer um homem ainda que tenhamos vivido junto a ele por longos anos.
                                    Dostoiewski

HOMENS E FATOS

A vida que se faz é a vida que nos faz. É uma roda a girar sobre um eixo, cuja direção se altera sob a vontade do condutor ou sob o impulso das condições colocadas. As duas coisas costumam ocorrer alternada ou simultaneamente. Caminha-se pelas próprias pernas e pelas pernas que não se vê.

O homem é sua cultura e seu meio; o motor é o Espírito. Difícil separá-los quando no corpo físico. Mas tem razão Emmanuel ao apontar a vontade como o elemento de propulsão das ações. Mesmo submetido ao meio, ao homem é dada a possibilidade da consciência sobre o poder da direção, do destino, da escolha.

Ao meio reage-se de forma singular, ensejando as diferenças que distinguem as criaturas e as torna senhoras da vida e da morte.

Conheci Carlos Jordão da Silva já presidente da Federação Espírita de São Paulo, a FEESP. E vice--presidente da União das Sociedades Espíritas, a USE. Ao mesmo tempo, conheci Luiz Monteiro de Barros, que fazia a dobradinha política com ele nas mesmas instituições, invertendo os cargos. Empresário de sucesso, dedicava-se integralmente à causa abraçada já naquela ocasião, pelos idos de 1970. Era austero, exigente, disciplinador. Mas, também, de boa conversa. Atento a tudo o que se passava, demonstrava interesse pelas pessoas novas que chegavam à Federação e começavam a se destacar nas suas áreas de atuação.

A princípio, encontrava-o pelos corredores da casa. Com o tempo, iniciamos uma aproximação maior. A primeira, por assim dizer, no episódio relatado no capítulo em que falo do amigo Aluysio Palhares, quando de seu afastamento.

Jordão foi figura crucial na decisão. O caso do Aluysio era grave para os padrões disciplinares da FEESP. Jordão incumbiu ao Monteiro de Barros de conversar comigo sobre a sucessão do Aluysio. Era eu o substituto natural, na condição de sub-diretor do Departamento Federativo. Mas Jordão entendeu que o melhor, no momento, era substituir Aluysio por outro, que conhecesse tão bem quanto eu o Departamento, mas não estivesse tão envolvido emocionalmente.

Percebo, hoje, que Jordão tinha razão. A queda do Aluysio, conquanto necessária, foi um choque para aqueles mais próximos dele. A confusão emocional instalou-se e os auxiliares mais diretos ficaram quase sem rumos, seja pela surpresa causada, seja pelas razões evidentes.

Pelo Monteiro de Barros, Jordão convidou-me a integrar o Conselho Deliberativo da FEESP e designou o meu amigo particular, Nilton Brito da Cruz, para o cargo de Diretor do Federativo.

As eleições para um novo mandato estavam próximas.

O convite que me fizeram era a certeza da eleição, pois havia então um controle político da situação pelo grupo do Jordão. Isso vai se modificar depois.

Jordão sabia das mudanças políticas que se avizinhavam. E preocupava-se. Demonstrou-o a mim por algumas ocasiões. Como qualquer dirigente eleito, pensava na sua sucessão e nas condições necessárias ao sucessor. Mas, a bem da verdade, penso que jamais o encontrou de fato.

O perfil do sucessor para Jordão deveria privilegiar três coisas: capacidade administrativa, competência doutrinária e conhecimento histórico. Ao lado disso, precisava ter um bom trânsito político no movimento espírita paulista e nacional, dadas as complexidades desse movimento. Quem reunia essas condições?

Paulo Roberto Pereira da Costa lhe parecia um bom quadro. Disse-me Jordão um dia que Paulo tinha as condições para sucedê-lo no momento adequado. Quando? Isso era questão que apenas o tempo responderia. Mas não respondeu como Jordão imaginava.

Por que não continuar com o Luiz Monteiro de Barros, retornando-o à presidência da FEESP? Monteiro de Barros, como Jordão, já estava com uma idade avançada e com pouca disposição para manter-se numa disputa que sempre foi intensa do ponto de vista político. Apenas forças novas e jovens, bem integradas, poderiam continuar o ideal de Jordão de unir a FEESP e a USE.

Antes de tomar a decisão de afastar definitivamente o Aluysio Palhares da frente do Departamento Federativo, Jordão enfrentou com surpreendente serenidade algumas acusações contra ele. Depois do afastamento, disse-me, sem demonstrar grande envolvimento emocional, que compreendia o comportamento dele, Aluysio, interpretando-o como necessidade de autoafirmação. Estava, concordava Jordão, numa idade em que as pessoas sentem-se perdendo vigor físico e são afetadas pelas condições sociais.

Jordão e seu grupo começou a perder força na Federação e na USE. Em 1974, o episódio crucial que encerrou em definitivo as possibilidades sonhadas de união das duas instituições deu início às mudanças. Nas duas siglas. A USE, num pleito também bastante conturbado, separada definitivamente da FEESP, levou, para surpresa de muitos, Nestor Masotti ao seu cargo maior. E a FEESP, pouco depois, também em grande ebulição política, escolheu João Batista Laurito para seu presidente. Duas forças diferentes, inesperadas.

Antes de ver a presidência da FEESP escapar-lhe das mãos, Jordão ainda lutou, mas um pouco tardiamente. Na USE ele e Monteiro de Barros já nada podiam fazer. As forças políticas, no pós-fusão, romperam todos os laços e possibilidades de prosseguimento da situação insustentável. Jordão simplesmente aceitou os fatos.

Mas Jordão era um filho dileto da Federação. Ali, desejava ver os seus afins na direção. Contrariamente à sua vontade, formou-se um movimento que visava destituir seu grupo e assumir o controle, com um projeto político de longa duração. A principal meta, já não se pode descurar, era repor a FEESP na sua condição de líder estadual do espiritismo, poder este que se encontrava nas mãos da USE.

Laurito era o homem de frente, mas o mentor era o engenheiro civil Rino Curti. No Conselho Deliberativo, a aliança com seu então presidente garantia a vitória e, com ela, profundas mudanças estatutárias, motivadas pela traumática decisão tomada pela USE de encerrar as tratativas de fusão com a FEESP.

Jordão e seu grupo acordaram para a situação já muito tarde. Quando a condução política mostrava-se forte na direção do grupo dissidente, alertei Jordão. E fiz publicar um editorial no jornal Correio Fraterno do ABC mostrando a situação caótica que se colocava.

O editorial repercutiu intensamente na FEESP, principalmente porque eu exercia, na ocasião, a gerência das suas livrarias e, por conta disso, havia deixado o cargo de Conselheiro para o qual fora eleito por influência de Jordão e Monteiro de Barros.

A minha saída do Conselho fazia parte já dos planos da oposição. Edson Leonis, integrado ao grupo, informara ao Conselho que, com a minha ida para as livrarias, tornava-se ilegal o acúmulo dos dois cargos. Queria, na verdade, anular um possível voto contrário. O Conselho acatou o pedido de Leonis.

Após o editorial, Jordão resolveu tomar providências, numa tentativa final de reconquistar parte dos membros do Conselho. Constituiu um grupo composto por ele, Paulo Roberto Pereira da Costa (que, então exercia interinamente a presidência da FEESP), Luiz Monteiro de Barros, Apolo Oliva Filho, Jamil Salomão e Ary Lex. Convidou-me também para as reuniões que se realizaram em sua própria residência, na Avenida Paulista. Nestor Masotti, já como presidente da USE, esteve presente nestas reuniões na condição de observador.

Já não havia tempo nem condições suficientes para mudar os rumos dos acontecimentos. O grupo opositor tinha nas mãos a maioria dos votos do Conselho. Mesmo com o lançamento de um documento forte, de título "Advertência Oportuna"[5], a condenar o rumo a ser tomado pela proposta da oposição, rumo que era, na verdade, um rompimento com os propósitos de convivência respeitosa com a USE e reconhecimento do seu direito de coordenar o movimento espírita paulista como entidade escolhida pelo próprio movimento.

Fomos todos para a célebre sessão do Conselho certos da derrota. Nenhuma ilusão alimentava Jordão e seus poucos amigos. Mas fomos com um discurso unificado: mostrar o comprometimento moral de uma instituição que idealizara um novo destino para o espiritismo paulista e resolvera voltar atrás, anos depois, pelo simples desejo de dominação e poder.

Jordão fora vencido. Voltou-se, após isto, para suas atividades de simples colaborador do Departamento de Assistência Espiritual da FEESP. Foi fazer algo que já acumulara há alguns anos: dar passes em crianças. Até sua partida, em 1985.

UM LIVRO, UM PREFÁCIO

Um ano antes desses acontecimentos acima relatados, Jordão aceitou, com alegria, prefaciar o meu livro *O Centro Espírita*. A situação política do movimento espírita, com a forte disputa entre FEESP e USE pela

---

5 Vide *Sinal de Vida na Imprensa Espírita*, Ed. Eldorado / EME, Capivari, 1994, p. 26.

hegemonia, levara-me a uma decisão. Lançar o livro por uma editora apartidária. Pensava eu na utilidade da obra e sabia que, se mantivesse o compromisso inicial de lançá--lo pela editora da FEESP, seria ele utilizado como bandeira de luta pelo grupo dissidente.

Pensei, então, politicamente. Dir-se-ia pragmaticamente. Se quiserem, racionalmente. Queria um livro para dirigentes de centros, novos e antigos, sem partidarismo. Convidei, pois, o Jordão, como presidente da FEESP ainda, o Nestor Masotti, presidente da USE, e o Antonio Paiva Mello, presidente da USEERJ, todos eles para apresentar o livro.

Jordão, confesso, ficou extremamente feliz e agradecido. Não se cansou de dizer-me. Quando, portanto, *O Centro Espírita* surgiu no mercado editorial espírita, causou um mal estar entre os novos futuros dirigentes da FEESP, principalmente em Rino Curti, que lamentou o fato de não ter sido a FEESP, a casa onde a obra foi, praticamente, planejada, a sua responsável editorial.

Nas reedições do livro, mantive o prefácio do Jordão, dispensando as demais apresentações, uma vez que estavam vencidas as condições de outrora.

EDUARDO CARVALHO MONTEIRO

Sejamos bons primeiramente, depois seremos felizes. Não exijamos o prêmio antes da vitória, nem o salário antes do trabalho.

Rousseau

A INTENSIDADE DE UMA VIDA

Dezembro, 15, 2005. Eduardo partiu hoje, pela manhã. Pela Júlia Nezu e outros amigos recebi a notícia. Estive com ele no Hospital Alvorada dia 29 de novembro passado, em companhia do amigo comum Maurício Ribeiro. Estava esperançoso de retomar as atividades normais, mas sabia-se em grandes dificuldades. As pernas sem movimento, a voz baixa e marcas de incisões nos braços e no corpo. Reclamou de não poder mudar de posição no leito. Fez-nos, emocionado, confidências particulares, confidências que a nós faziam sentido e tinham imenso valor. Por cerca de uma hora, conversamos amenidades e recordamos fatos passados. Enfim, o deixamos. Era a despedida de quem estava de retorno aos campos floridos de um espaço sideral deixado anos atrás, onde a vida tem outros sentidos mais e, certamente, novas e fortes emoções.

Este momento sereno me conduz a relembrar a trajetória que, juntos, fizemos. Ficaria eu bastante chateado se não tivesse tido a feliz ideia de visitar o Eduardo em seu leito hospitalar, poucos dias antes de sua partida. Era preciso que isso ocorresse. Por muitas razões, entre as quais a de que ele se fez presente em grande parte da minha vida, especialmente em momentos cruciais. Recordar, portanto, a nossa trajetória significa prestar um preito de gratidão a quem realizou um grande e despretensioso trabalho pela causa do Espiritismo, na qual acreditava com todas as forças.

O INÍCIO DE TUDO

Conheci Eduardo em 1978. Por alguma indicação da qual não me recordo, ele nos procurou na Editora Correio Fraterno do ABC para oferecer o livro que havia concluído sobre a vida de Jésus Gonçalves. A editora, como tal, era nova. Havia lançado então apenas dois títulos: *O Besouro Casca-Dura e outros contos*, de Iracema Sapucaia, e *Eurípedes Barsanulfo, o Apóstolo da Caridade*, de Jorge Rizzini.

Provavelmente, Eduardo se motivou a nos procurar em vista deste último livro, pois, curiosamente, o seu copiava o título daquele: *Jésus Gonçalves, o Apóstolo da Caridade*. Ao entregar os originais, disse: "Faça uma revisão e o prefácio".

Estávamos às vésperas do Carnaval. Coloquei os originais na mala e demandei com a família para minha cidade natal na Zona da Mata mineira. Ali, pus-me a ler com atenção o livro e procedi a diversas anotações, sugestões de mudanças e alguns cortes. Eduardo, então, já se mostrava um arguto pesquisador, mas carecia de melhores condições no preparo do texto e na organização das diversas partes do livro. Entre as minhas sugestões estava a de mudar o título para *A extraordinária vida de*

Jésus Gonçalves, sob o argumento de que havia uma diferença fundamental entre a vida de um apóstolo e a de uma grande figura, na qual mais bem se encaixava o biografado. Eduardo resistiu um pouco mas, enfim, aceitou. Creio que cedeu por conta de desejar ver logo publicado aquele que seria o primeiro livro de sua copiosa produção literária.

O adjetivo *extraordinário* contido no título do livro logo se aplicou, também, à sua aceitação pelo público: em menos de três meses se esgotaram os seis mil exemplares da edição, edição logo sucedida por outras e outras mais, tornando-se, assim, um verdadeiro sucesso de venda.

Iniciava ali, também, uma longa convivência entre nós, convivência que se estenderia à vida privada de ambos, bem como nos levaria a produzir alguns livros em regime de coautoria. A mim coube, também, publicar vários outros livros do Eduardo, alguns com o meu prefácio.

Passei a dividir com o Eduardo o cotidiano, conheci seus dramas familiares, a trajetória obsessiva pela qual passou, sua chegada ainda jovem a Uberaba pelas mãos de uma grande amiga, a relação com Chico Xavier e sua adesão incondicional ao Espiritismo. Sabia-se mudado profundamente após essa dura experiência que a obsessão lhe impusera.

Torcedor quase fanático do São Paulo Futebol Clube, tinha cadeira cativa no Morumbi e chegou a ser chefe de torcida organizada. Ao assumir o Espiritismo, não deixou de acompanhar o clube do seu coração nem de torcer freneticamente por ele, mas foi reduzindo sua presença nos estádios e substituindo o tempo ali gasto por atividades mais úteis ao ser humano e à sociedade.

Algum tempo depois do lançamento do seu livro sobre Jésus Gonçalves, Eduardo organizou outro livro, com páginas psicografadas pelo médium Eurícledes Formiga, poeta premiado, de autoria do conhecido espírita Rubens Romanelli. Eduardo se afeiçoou a Formiga e tornou-se um de seus melhores amigos, acompanhado-o em suas atividades mediúnicas até o retorno de Formiga ao mundo invisível. O livro tem por título *Construções do Espírito*.

Psicólogo por formação acadêmica, mas sem exercer a profissão, Eduardo esteve conosco em 1982, no VIII Congresso Brasileiro de Jornalistas e Escritores Espíritas, na capital baiana, integrando-se desde então à comissão que assumiu naquele evento máximo do Espiritismo de então a responsabilidade de realizar em São Paulo o próximo congresso.

Ali também tivemos contato pela vez primeira com o médium Edson Queiroz, com quem o famoso Espírito do médico alemão Doutor Fritz realizava cirurgias mediúnicas.

Muito bem impressionados com a destreza mediúnica do médium, combinamos levá-lo à capital paulista, para atendimento público. Como, na ocasião, eu dirigia, também, o jornal *O Semeador*, da Federação de São Paulo, obtive com o então presidente, João Batista Laurito, o necessário apoio material e institucional para Edson em São Paulo. Vale registrar que foi esta a primeira (e última) vez que aquela instituição promoveu em suas instalações um evento de tal ordem, rompendo por instantes com os limites impostos pelo preconceito em relação a fenômenos mediúnicos dessa natureza. Mas não saiu impune o presidente Laurito. E nós também. O registro dessa desafiadora ação está no livro de minha autoria de título *Sinal de vida na imprensa espírita*, Editora EME.

Eduardo participou de tudo isso, lado a lado comigo. A comissão encarregada de organizar em São Paulo o próximo congresso de jornalistas e escritores teve nele o principal esteio, seja para enfrentar o desafio de um cometimento de tal envergadura, seja nos conflitos que se estabeleceram por conta de uma oposição política cujo interesse estava centrado no insucesso do congresso. Trabalhou ele arduamente em todas as etapas, da organização do temário à definição dos oradores, da escolha do local aos acertos dos detalhes mais simples. A ele se deve uma das maiores parcelas do sucesso do IX congresso realizado em 1986.

Logo nos primeiros tempos de organização do evento, propus ao Eduardo o desafio de escrevermos um livro sobre o patrono, Cairbar Schutel, com a finalidade de lançá-lo na abertura do congresso. Eduardo arregaçou as mangas também aí e, juntos, passamos a fazer pesquisas, viajando diversas vezes a Matão, onde Cairbar realizou seu grandioso trabalho, bem assim a diversos outros lugares para entrevistas e levantamento de informações necessárias.

Valem alguns registros curiosos e interessantes. A franqueza com que os faço será, não tenho dúvida, apreciada pelo Eduardo. Se não o for, porém, será apenas mais um dos conflitos que vivenciamos em nossa relação de grande amizade e sentimentos recíprocos de afeto, conflitos que, se em alguns momentos nos distanciaram um do outro, não foram jamais suficientes para destruir uma amizade de longo tempo e muitas vidas.

Tinha eu a intenção de participar com o Eduardo das pesquisas e trabalhar no texto final do livro. Eduardo não comungava da ideia. Antes, havia guardado desde 1978 um certo ressentimento pelo fato de haver eu interferido em seu livro sobre Jésus Gonçalves, em especial pelas supressões sugeridas e os acertos estéticos do texto.

Sem nada comentar a respeito no curso das pesquisas, ao aproximar o fim do prazo para entregarmos à Editora o livro, veio até mim com uma pasta e disse: "Aqui está a minha parte. Leia, mas vou logo avisando, eu não aceito nenhuma mudança". Surpreso, também bati o pé. Silêncio por silêncio, eu ganho, pois sou mineiro. Não li a parte do Eduardo, apenas juntei o que havia escrito e entreguei tudo ao Aparecido Belvedere, da Editora O Clarim, para a edição do livro.

Outro fato interessante. Eduardo e eu, na companhia do amigo comum e inesquecível companheiro Hélio Rossi, que também integrava a comissão do congresso, estávamos na sede da Editora O Clarim discutindo com os seus diretores a respeito de detalhes do livro que estava na fase de pesquisa. Havia algumas informações sobre o biografado que Eduardo, com minha aquiescência, julgava ser necessário registrar no livro. Éramos de parecer que uma biografia não deveria omitir detalhes, mesmo que algum deles não fosse totalmente positivo para o biografado. Era o caso. Os diretores não aceitaram, argumentando que não havia prova definitiva sobre o acontecimento em análise. O conflito se estabeleceu e foi por diversas vezes discutido. No final, prevaleceu o argumento da Editora.

Fica do fato uma revelação sobre a personalidade do Eduardo, sempre disposto a defender a verdade, independentemente das circunstâncias e contextos.

Enfim, em abril de 1986, o livro *Cairbar Schutel, o bandeirante do Espiritismo* foi lançado na sessão de abertura do XIX Congresso Brasileiro de Jornalistas e Escritores Espíritas, no Centro de Convenções Rebouças, em São Paulo. Deste congresso resultou ainda outro livro, cuja autoria assumi, publicado em 2004 com apoio da Associação Brasileira de Divulgadores do Espiritismo (Abrade) e cujo título é *Espiritismo Cultural: Arte, Literatura e Teatro*.

OUTROS TRABALHOS

A experiência com a obra sobre a vida de Cairbar Schutel me levou a propor ao Eduardo outro desafio: registrar em livro a vida de uma figura que me era muito cara: Pedro de Camargo, mais conhecido por Vinicius. Eduardo aceitou. Juntos demos início a uma série de viagens, entrevistas, localização de documentos, contatos com familiares e tudo o mais que uma atividade dessas exige.

Alguns percalços no caminho levaram ao Eduardo um certo desânimo, especialmente porque alguns parentes sonegaram informações e julgaram-nos sem a devida competência para o trabalho. De forma que as pesquisas foram paralisadas até que um dia, alguns anos mais tarde, propus ao Eduardo reunir tudo o que já havíamos levantado a respeito de Vinicius para verificar a possibilidade de concluir a biografia. Entregou-me ele o material em seu poder e deu-me inteira liberdade para fazer o uso que desejasse, uma vez que ele não teria tempo para prosseguir em vista de outros compromissos assumidos. Concluí o trabalho e assim surgiu mais um livro em coautoria: *Vinicius – educador de almas*, lançado pelo selo EME/Eldorado.

Em maio de 1987, Eduardo fez-me uma proposta inusitada: convidou-me para ser maçom. Inusitada e surpreendente. Nunca pensara em me tornar maçom e sequer sabia que ele havia ingressado na Ordem. Eduardo insistiu, falou-me por alto do assunto, instigou minha curiosidade e saiu do meu escritório com o meu sim. Deixou-me um longo questionário de quatro páginas para ser preenchido e veio buscar pouco depois. Em seguida, veio ter comigo um senhor de nome Aluisio José de Freitas, proprietário da Sigbol, uma escola de corte e costura localizada na Vila Mariana. Pertencia ao quadro da Loja Maçônica Amphora Lucis e queria fazer uma entrevista comigo em continuidade ao questionário que o Eduardo havia entregado na Loja.

Confessou ter desejado conhecer-me em razões de algumas coincidências numerológicas que ele encontrou nas informações do questionário. De fato, eram no mínimo intrigantes as coincidências. Aluisio havia nascido no mesmo dia que eu, alguns anos antes. Sua esposa havia nascido no mesmo dia que minha esposa. Um de seus filhos nascera no mesmo dia do meu filho mais velho. E outras coincidências semelhantes havia.

Em pouco tempo, pouquíssimo tempo para os padrões de exigências maçônicas, tive o meu processo aprovado e em dezembro daquele mesmo ano fui iniciado na Ordem Maçônica. Mais tarde vim a saber que Eduardo e Aluisio haviam apressado o meu ingresso porque queriam a minha experiência profissional no quadro de colaboradores da revista *A Verdade*, da Grande Loja

Maçônica de São Paulo. Aluisio era o diretor geral da revista e Eduardo se integrara no corpo de colaboradores com intensa atuação. Eles dois, praticamente, respondiam pela revista.

Foi assim que, mais uma vez, trilhei caminhos ao lado do Eduardo. Foi uma experiência que durou 14 anos e terminou em dezembro de 2001. Com o Eduardo e o novo amigo, Aluisio, mais o apoio do Grão-Mestre daquela potência maçônica, elaboramos um projeto de desenvolvimento da revista com o objetivo de torná-la uma das melhores do setor. Eduardo, com sua veia inata de pesquisador, produzia ótimos estudos. De minha parte, introduzi modificações técnicas necessárias e fui assumindo cada vez mais participação na revista. Aluisio, na condição de diretor, realizava um trabalho intenso de condução e manutenção das linhas do veículo.

Alguns anos depois, Aluisio viu-se na contingência de deixar a direção da revista. Instado pelo então Grão--Mestre a assumir sua direção, sugeri fosse o convite feito ao Eduardo, reconhecendo nele maior competência para o *metier*. Eduardo aceitou, muito feliz, porém ficou no cargo apenas alguns meses. Pediu demissão tão-logo se viu confrontado pelo então diretor de Relações Interiores da Grande Loja, a quem competia responder pela revista perante a administração, em vista de uma matéria sobre economia a ser publicada.

O episódio deixou suas marcas. Eduardo entendeu que eu deveria segui-lo e também deixar a revista. Divergimos sobre os motivos de sua demissão e sobre o próprio ato. Eduardo jamais voltou a colaborar com a revista e aliou-se, desde aquela época, à oposição política na Grande Loja.

Eduardo era dado a extremos. Passamos horas inúmeras conversando sobre estes fatos, mas ele entendia que quando tomava uma decisão, era definitiva.

Um pouco antes desses acontecimentos, ou seja, em 1994, havia eu concluído um novo livro com material sobre o período de mais de uma década de participação na equipe do Correio Fraterno do ABC, quando ele me informou que estava concluindo também um texto histórico sobre os 70 anos da imprensa espírita no estado de São Paulo. Material pertinente ao livro. Foi assim que publicamos, em 1994, o nosso terceiro livro de parceria, intitulado *Sinal de vida na imprensa espírita*.

Os conflitos fazem parte do dia a dia humano. A boa ética nos ensina a conviver com os conflitos para superá-los através do entendimento. Nem sempre, porém, conseguimos nos equilibrar entre os extremos que os conflitos oferecem. Na Loja Maçônica Amphora Lucis, continuamos lado a lado, Eduardo e eu. Até o final de 2001. Entrei pelas mãos dele e pelas mesmas mãos saí, quando o conflito político-institucional atingiu um clímax insuperável.

Nossos caminhos, porém, nos permitiram construir tantas e tantas obras juntos que um afastamento definitivo era humanamente impossível. Vivêramos intensamente emoções tão marcantes que jamais poderíamos imaginar, sequer, uma vida distante.

Aqui é preciso fazer uma digressão.

Eduardo sofrera muito com a sua situação familiar. Em certa altura da vida, tornou-se o amparo de sua mãe, padecendo com seus padecimentos e velando por sua constituição física, moral e espiritual. Os desencontros familiares marcaram-na profundamente e atingiram o

Eduardo. O conhecimento espírita tornou-se a alavanca moral de sua atuação no lar, junto ao coração materno. Em grande medida, foi ele, também, a presença marcante de um verdadeiro pai na educação de seu sobrinho, quando sua querida irmã viveu dias de desencontros. A desencarnação da mãe atingiu-o de modo muito particular, mas constituiu-se no termo de um sofrimento que muito o angustiava. Ao conduzir seu corpo ao túmulo, ele se despediu de alguém por cuja felicidade lutou bravamente, enquanto pôde.

Compartilhei com ele muitos desses momentos. Em contrapartida, ele vivenciou comigo na posição de amigo incondicional diversos revezes. Em 1991, em plena madrugada de uma noite de outubro, fui internado às pressas, com um princípio de infarto. Eduardo, naquele mesmo dia, estava entrando em um período de merecidas férias. Ao tomar conhecimento do que me havia acontecido, correu ao Pronto Socorro onde eu havia sido recolhido e assumiu a condução das providências, dando um apoio incalculável à minha família. Providenciou UTI, ambulância para locomoção, assumiu despesas financeiras, procedeu ao meu encaminhamento à Beneficência Portuguesa para os exames de cateterismo e providenciou a internação no mesmo hospital quando os exames indicaram a necessidade de intervenção cirúrgica. Desentendeu-se, inclusive, com a equipe médica encarregada do meu caso quando esta apresentou a cobrança de um pagamento "extra-contábil". Mais tarde, ainda revoltado, me contou o fato. Todo esse processo, do instante da internação no Pronto Socorro até a alta hospitalar após a cirurgia demandou exatos 30 dias. Estas foram as férias do Eduardo.

Como afirmei anteriormente, Eduardo era de extremos. Em todas as obras a que se ligava, assumia integralmente a responsabilidade e se lançava ao trabalho. Um grande amigo me ensinou, um dia, que quem trabalha tem o direito de falar. Eduardo, da mesma forma que trabalhava intensamente por aquilo em que acreditava, exigia dos seus companheiros uma doação igual. E total lealdade. Tinha ele uma visão muito particular de lealdade e isso o fez sofrer muito. Queria uma lealdade incondicional, igual à que daria, na justiça e na injustiça. Mas cada indivíduo tem sua medida e suas noções sobre lealdade. Algo assim como o bom-senso de Descartes.

Se Eduardo dissesse "estou com você", podia-se acreditar cegamente nele. Em tudo era ele intenso e total. Quando realizava uma pesquisa qualquer, dedicava-se ao máximo e não descansava jamais, porque com o Eduardo as pesquisas jamais têm fim. O seu primeiro livro – *A extraordinária vida de Jésus Gonçalves* – deu frutos pela vida toda. Uma vez que ele puxasse o primeiro fio da meada, não o largaria em tempo algum. É possível que se perdesse em algum labirinto, mas então o fio preso em suas mãos o trazia de volta. Quem quer que vá aos seus arquivos de milhares de livros e documentos, por certo encontrará material inédito não apenas sobre Jésus Gonçalves, mas sobre qualquer assunto de qualquer de seus livros publicados.

Foi com a mesma dedicação que ele integrou-se no trabalho junto aos hansenianos e viajou pelo Brasil inteiro por conta das lutas para mudar o paradigma dessa doença que tantas e tantas vidas segregou da sociedade. A causa hanseniana era uma entre tantas a que se filiou, um exemplo claro do *modus operandi* do Eduardo. Ela gerou o livro sobre Jésus Gonçalves, pontificou a assistência material permanente no Sanatório Pirapitingui do interior de São Paulo, conduziu aos desafios políticos da mudança na legislação, enfim, estendeu-se para além, muito além dos limites visíveis.

De igual modo e com a mesma energia, Eduardo assumiu outros muitos compromissos que lhe pareciam justos e honestos. Em 1991, reuniu um grupo de amigos, eu entre eles, para anunciar que havia recebido a oferta de doação de uma chácara no Bairro de Eldorado, na divisa da capital paulista com Diadema. Era uma chácara muito bonita, com algumas construções em alvenaria e cerca de 10 mil metros quadrados de área total. Para fazer a doação, o proprietário exigiu que fosse feito um trabalho social no local.

Decidimos pela fundação da Sociedade Espírita Anália Franco, numa homenagem à grande batalhadora da educação. Eduardo assumiu a presidência, fiquei eu com a vice e a obrigação de constituir uma editora para gerar receitas à obra. A sociedade assumiu o terreno, implantou rapidamente algumas atividades e preparou--se para receber a doação. Esta, porém, não se concretizou, então. O proprietário passou a fazer novas exigências, do que decorreram inúmeros conflitos. A Sociedade Anália Franco, porém, prosseguiu, ocupando apenas parte do terreno, tendo em vista a solidificação de suas atividades espíritas e assistenciais. A editora projetada para sustentação financeira da obra saiu do papel e editou vários livros. O primeiro deles um trabalho de pesquisa do próprio Eduardo, intitulado *Anália Franco, a grande dama da educação brasileira*.

Alguns anos mais tarde, a chácara foi doada à Grande Loja Maçônica de São Paulo, cabendo à Sociedade Anália Franco uma pequena parte do terreno, onde ainda se encontra.

Turrão e amigo, amoroso e ácido. Eduardo era capaz de fazer os maiores elogios a você e, da mesma maneira, condenar face-a-face as atitudes das quais discordasse. Certa ocasião, viajamos em seu carro esportivo, um Puma que ele mantinha com certo desleixo, para compromissos no interior do estado de São Paulo. Araraquara, a primeira parada. Em instituição espírita local, ele fez uma comovida palestra sobre uma personalidade do movimento, que estava pesquisando. Quando retomamos a estrada para prosseguir a viagem, perguntou-me: o que você achou da palestra? Disse-lhe que ele não precisava imitar o Divaldo Franco, antes, deveria assumir a própria personalidade e se daria melhor. Ficou furioso comigo. Mas entendeu. Na cidade seguinte, não mais utilizou aquele estilo eloquente consagrado pelo orador baiano.

* * *

Quando fui visitar o Eduardo no seu leito hospitalar na companhia do Maurício Ribeiro, entendi que ele estava indo embora. Dormia ligeiramente quando chegamos, mas logo abriu os olhos e um leve sorriso apareceu em seus lábios. Começou a contar sua experiência de quase--morte, as visões que havia tido, o mundo novo que se lhe descortinava. O corpo imobilizado impedia-lhe de demonstrar a intensidade natural ao seu ser, mas era visível como aquilo lhe gratificava.

Em certo momento, espontaneamente, revelou-nos

algo muito íntimo. Disse Eduardo:

— Sabe, eu aprendi muito nestes dias. Aprendi que a gente guarda muitas mágoas, elas se acumulam e acabam um dia fazendo um mal imenso.

Olhando-nos fixamente e demonstrando relativa tranquilidade, prosseguiu:

— Eu guardei muitas mágoas e não percebi isso. Elas foram me corroendo por dentro, me conduzindo a atitudes injustas. Eu estou mudando. Quando eu retomar a vida normal, vou rever minha agenda. Não vou fazer mais as coisas da maneira como vinha fazendo. Toda essa pressa, toda essa loucura não vale a pena. As coisas não podem ser dessa forma.

A vida normal para Eduardo, ali prostrado, era a dos milhares de dezenas de anotações, o convívio com os amigos e as pesquisas quase intermináveis. A intensidade é que mudaria.

Eduardo mudou. Mudou-se. Foi reencontrar-se com as centenas de almas por quem lutou e a mãezinha saudosa. Os amigos lhe desejam breve retorno.

JORGE RIZZINI

Eu não conheço por grandes homens senão os que têm feito altos serviços ao gênero humano.
Voltaire

WILSON GARCIA

IMAGENS INICIAIS[6]

Uma certa desconfiança se instalou quando Jorge Rizzini, de repente, afirma que é capaz de escrever tão bem quanto o consagrado escritor que estava sendo objeto de conversas na casa. O escritor era ninguém menos do que Monteiro Lobato. Todos pensaram que ele estava brincando.

Mas, para surpresa geral, eis que não muito tempo depois Rizzini reaparece com os originais de um livro debaixo do braço e, com muita coragem, vai bater às portas da mesma editora que publicava as obras do consagrado autor brasileiro. Não levou consigo nenhuma credencial, nenhuma referência, nada. Apenas a coragem.

O diretor o recebe com desconfiança e coloca os originais na gaveta, pedindo para aguardar a resposta. Rizzini vai embora imaginando que seu trabalho não receberá qualquer atenção, como costuma acontecer com

---

6 Este trabalho foi apresentado no 11º Simpósio Brasileiro do Pensamento Espírita, realizado na cidade de Santos, SP, no período de 9 a 12 de outubro de 2009.

grande parte dos autores desconhecidos, mas alguns dias depois o mesmo diretor o chama ao seu escritório e comunica-lhe que estava verdadeiramente surpreso com o estilo, segundo ele, semelhante ao do próprio Monteiro Lobato. A história é boa, mas o estilo é lobatiano, reafirma o diretor.

A conversa prossegue até o momento em que o diretor afirma estar disposto a publicar o livro, mas impunha uma única condição: deveria aparecer uma dedicatória ao autor paulista da cidade de Taubaté.

Rizzini aceita a proposta imediatamente e em pouco tempo vê, orgulhosamente, seu nome, até então desconhecido, na lista dos bons autores brasileiros da literatura infantil, tendo por aval o selo da respeitada Editora Brasiliense.

Este é o começo de uma jornada de cerca de sessenta anos pelos caminhos da literatura, caminhos estes que, pouco depois, vão-se bifurcar: Rizzini dividirá o seu tempo entre o escritor e o médium, assumindo publicamente as duas condições, com a produção de obras que serão, ao mesmo tempo, elogiadas e criticadas, marcando, assim, a sua época.

Interessa, portanto, lançar um olhar sobre o médium e o escritor, para analisá-lo nesta sua dualidade, agora que ele se foi, sem deixar de lado ou negar sua realidade enquanto ser humano reencarnado, seus valores e crenças, suas ideologias.

Rizzini partiu em setembro de 2008, em Porto Alegre, quando retornava de Buenos Aires em um avião UTI, depois de sofrer na capital portenha um infarto. Aos 84 anos.

WILSON GARCIA

A MEDIUNIDADE DE RIZZINI E OS LIMITES DO HOMEM

Você pode ser amigo de alguém por algumas razões ou por todas as razões. É possível que a somatória das razões construa poucas amizades, mas é certo que as amizades que se apoiam apenas em algumas razões sejam somente amizades transitórias. O fato é que sem compreender os limites do homem não se pode dedicar-lhe respeito; portanto, as amizades que se colocam acima do tempo e do espaço dependem da admiração mútua pelas virtudes e do respeito aos defeitos da individualidade.

O religiosismo exacerbado e ingênuo estabelece uma concepção de perfeição para o homem que não respeita os limites individuais e não encontra tipos ideais senão nas raras personalidades que se destacaram ao longo das milenares civilizações. Tão raras que podem ser contadas nos dedos da mão. *O Livro dos Espíritos* – que fato marcante! – aponta como o melhor modelo de todos os tempos a figura do Cristo.

Interessante como a sabedoria popular costuma resolver com falas expressivas questões de tal ordem. Ao afirmar-se que "para um criado de quarto não há homem perfeito" sepulta-se de vez a pretensão do religiosismo exacerbado. Não se aniquila, evidentemente, o ideal da perfeição, essa utopia alimentadora de imensas lutas pela moral individual, social, política etc. Porém, a compreensão dos limites do homem é básica para qualquer disposição de tornar a vida terrena digna de ser vivida.

Quando o suplemento literário do jornal Correio

Fraterno do ABC passou a publicar uma série da análises da bibliografia espírita, recebi correspondência de um então jovem intelectual acadêmico questionando duas coisas: 1) por que o jornal dava tanto espaço ao Rizzini; 2) por que, também, não providenciava a análise da (nas palavras dele) pretensa mediunidade do Rizzini, especialmente suas produções poéticas, que o missivista considerava de baixa qualidade. Justificava-se, dizendo que nosso Suplemento Literário publicava ótimas análises da produção espírita, mas estava a dever este trabalho sobre o Rizzini-médium.

Respondi-lhe considerando dois aspectos: 1) a poesia mediúnica de Jorge Rizzini, até então, obtivera pareceres de diversos estudiosos e intelectuais, todos favoráveis; 2) se o caro amigo quisesse, porém, produzir uma análise da obra ou então obter de outrem semelhante análise, para qualquer dos casos as colunas do jornal estariam sempre abertas. Nenhuma das duas propostas foi jamais aceita.

A mediunidade de Rizzini era verdadeira. Era ele médium de fato e como todo médium estava sujeito à avaliação da crítica especializada ou não, avaliação de forma e de conteúdo. Insisto, forma e conteúdo, já respondendo àqueles que se enfileiraram na coluna da blindagem total de toda e qualquer produção mediúnica sob o falso argumento da boa intenção do médium. A mediunidade e o seu exercício estão assentados em tal complexidade que não se pode jamais aceitar de olhos fechados o que quer que seja que venha pela via mediúnica, não importando o médium. Quem julgar que isso é um desrespeito aos médiuns consagrados deverá retornar aos bancos escolares do espiritismo e reavaliar os preceitos básicos.

No capítulo seguinte, em que analiso alguns livros do Rizzini falo de um sujeito que classifico como escritor mediúnico. E explico a minha concepção. Aqui, com base em anotações e, principalmente, na memória visual e lingüística, volto-me especificamente para o aspecto mediúnico de sua existência. Quando voltou a residir em São Paulo aos 17 anos, vindo do Rio de Janeiro onde passara toda a infância, Rizzini era uma pessoa atormentada pelos Espíritos. Confidenciou-me – e deve tê-lo feito a outras pessoas – que costumava passar noites inteiras acordado, vagando pelas ruas e boates do centro de São Paulo, aguardando o dia clarear para poder ir para casa dormir. Onde pudesse encontrar alguém para conversar, parava. Rizzini fala sobre o assunto nas explicações iniciais do livro *Antologia do Mais Além*, mas não desce a estes detalhes. Compreensivelmente.

A esposa Iracema também me revelou que ele costumava ver Espíritos com tal frequência que ficava imensamente perturbado e essa perturbação não queria transferir para o pai e a madrasta, por isso só voltava para casa quando o pai já havia saído para o trabalho, no alto cargo que ocupava no Laboratório Roche.

Rizzini reconheceu publicamente que deveu seu desenvolvimento mediúnico a duas pessoas. Uma delas foi Maria Vitale, a outra Esteva Quaglio, senhora espírita de excelentes condições culturais. Ele conheceu Esteva na Federação Espírita de São Paulo, apresentado por Maria Vitale após uma palestra por aquela realizada, segundo Iracema. Depois a acompanhou em um centro espírita localizado na década de 1940 na Rua Espírita, próximo à Liberdade, onde passou a exercitar sua mediunidade na assistência aos frequentadores. Iracema conheceu-o lá. A produção mediúnica de Rizzini mesclou-se com a produção literária pessoal, se assim me posso exprimir. E considero tarefa quase inglória separar as duas. A única forma de fazê-lo será observando isoladamente os livros que assinou como autor e os que o escreveu na condição de médium. Ainda assim, trata-se – que fique isto bem claro! – de uma tentativa meramente metodológica.

Digo isto depois da longa convivência que tivemos e de muito observar seus próprios limites. Ele mesmo reconhece essa *dualidade unitária*. Quando decide ser escritor aos 23 anos, já casado, observa: "Eu havia deixado a mediunidade pela literatura... Mas hoje sei que as duas, em mim, já naquela época se completavam".

A produção mediúnica de Rizzini não deve ser vista pelo lado quantitativo, mas pelo aspecto da qualidade. Ainda que não se possa, também, afirmar que foi inexpressiva, comparativamente a outros médiuns, a quantidade de livros que fez publicar soma poucos títulos: apenas quatro. Acrescentem-se aí textos publicados esparsamente e a produção musical, outra grande novidade em Rizzini.

Para compreender essa produção é preciso penetrar um pouco mais na personalidade e no jeito de ser do médium e escritor. Rizzini desenvolveu seu próprio método de trabalho com os Espíritos. Depois que venceu a batalha da juventude, em que fora assediado espiritualmente, as visões cessaram. Através de sinais convencionados, luzes, toques e barulhos que podiam ser ouvidos em seu escritório, foi-se ajustando ao contato e estabelecendo identificações. Os Espíritos falavam-lhe e

Rizzini anotava. Os toques sinalizavam e ele se colocava à disposição para possíveis correções de erros. Fazia perguntas mentais e pelas respostas confirmava ou não as suspeitas. Uma ou outra vez, os Espíritos davam-se a ver a ele.

Esse método ele utilizou durante toda a sua atividade mediúnica. Gostava de dizer que aquilo que era dos Espíritos ele respeitava, mas o que era dele, e apenas dele, Rizzini assumia. Nunca consegui entender isso com precisão, porque as fronteiras territoriais das mentes em regime de interação comunicativa são ainda hoje para mim meramente simbólicas. Rizzini tenta explicar isso no seu primeiro livro mediúnico, mas entra em contradição consigo mesmo sem o perceber. Mas não tratarei desta particularidade aqui, senão mais adiante.

Exigente ao extremo com a produção mediúnica alheia, conseguia ser ainda mais exigente com a produção própria. Era de um rigor quase inconcebível, na forma e no conteúdo daquilo que lhe era passado pelas inteligências que frequentaram por muito tempo sua casa. Sabe-se que não existe passividade absoluta na atividade mediúnica, pois o médium possui mecanismos de interferência que vão dos conscientes aos inconscientes. Rizzini exercia esse poder ao máximo. Tudo aquilo que lhe era passado era objeto de análise, discussão direta com o autor espiritual e correções se necessário.

Como se especializou na recepção de composições poéticas (entre as quais devem-se incluir as letras das músicas), desde o momento primeiro em que essa direção se apresentou foi aos livros para reestudar a fundo a poesia e conhecer os poetas nos seus respectivos estilos e gosto temático. Fez o mesmo com a produção musical. Tinha presente a informação kardequiana do material mental do médium e sua importância como auxiliar da recepção das mensagens, mas tinha ao mesmo tempo consciência da sua participação como coautor e responsável pela veracidade do material. Se o nome dos Espíritos estava em jogo, o seu, já como escritor e profissional da imprensa, igualmente estava.

Pode-se, portanto e de maneira muito clara, perceber o quão difícil era para Rizzini transpor o percurso entre o início da transmissão das mensagens pelos Espíritos e sua publicação pelo médium. Observando-o nas suas atividades percebia-se o quanto levava ao extremo a afirmação evangélica: "quem não é fiel no pouco não será fiel no muito". Neste caso, a fidelidade tinha dois aspectos: fidelidade a si e fidelidade ao autor original.

Mas a farsa mediúnica era também uma preocupação constante em Rizzini. O trato que teve por anos a fio com inúmeros médiuns reforçou nele as assertivas kardequianas dos perigos que rondam tais atividades. Escritor hábil e contista raro, sabia como o material linguístico se predispõe às manobras e manipulações das inteligências astutas. E se o engano pode conduzir ao remorso, o autoengano produz estragos ainda maiores, porque, no caso do médium, pode conduzi-lo à pior das anomalias, a fascinação.

Rizzini tinha dúvidas muitas. Nisso é, também, réu confesso. Vejamos este detalhe revelado por ele quando de um trabalho de captação mediúnica de uma poesia[7]:

"Note-se que eu tinha dúvidas, não obstante a superioridade dos versos e as características do estilo dos

---

7 Jornal Correio Fraterno do ABC, setembro de 1980, p. 5.

poetas que andava a psicografar, os "raps", as luzes espirituais que via, as vozes que ouvia... Não sei como explicar tamanha incredulidade! Pois bem! Numa tarde, os raios do sol entrando pela janela do escritório em minha própria residência, psicografava eu com Casimiro de Abreu um poema. O fenômeno era telepático, ou seja, de mente para mente (nesses momentos minha mente fica muito excitada e, curioso, até os objetos parecem vibrar, dando a impressão de que, de súbito, irão se mover). Assim que terminei a recepção do poema, Manoel de Abreu, para que eu não me julgasse o autor dos versos, produziu um fenômeno de efeitos físicos. Ouvi, então, uma explosão surda, porém fortíssima, dentro do escritório. Nem por um décimo de segundo pensei em Espírito. Atônito, com os olhos esgazeados, a respiração presa, olhei a parede em frente à minha mesa de trabalho, esperando o desabamento. Ela continuou firme, sem rachadura, e passei a ouvir, então, próximo à porta fechada do escritório, uma forte vibração no ar, um zumbido que durou uns quinze segundos. Quando o ambiente se normalizou, ergui-me e fui olhar pela janela, pois acreditava que a explosão fora na rua. Não era possível atribuir aos Espíritos uma explosão assim, tão forte. Nesse momento minha esposa chegava da rua e perguntei o que acontecera. Mas ela não havia ouvido nada. A rua estava tranquila. Então, com rapidez, voltei a sentar-me e escrevi abaixo do título do poema o nome do autor espiritual: Casimiro de Abreu...".

O tempo do Rizzini-médium corre paralelo ao tempo do Rizzini-escritor e tem duração singular. Explica-se, portanto, a sua diferença na conclusão dos trabalhos. Deixou ele claro que lhe custou cerca de 90 dias a recepção do trabalho poético dos quarenta e quatro autores presentes em *Antologia do Mais Além*. Um tempo extremamente curto se comparado ao gasto por ele nos livros que assina como autor.

O estudioso sabe que o tempo mediúnico se alonga ou se encurta também por conta da qualidade da sintonia com os Espíritos, que possuem características peculiares. O Espírito comunicante não consegue expressar seu pensamento com clareza? Termos complexos não encontram receptividade no médium? Questões de saúde física se mostram presentes? Mentes alheias interferem nas ondas mentais? Tudo isto influencia a sintonia entre as mentes.

Quando Rizzini publica em 1973 a edição do seu primeiro e mais volumoso livro de poesias intitulado *Antologia do Mais Além* é ao mesmo tempo um médium ansioso, mas razoavelmente seguro do que está fazendo. Por dois motivos: a consciência da lisura mediúnica e – fato dos mais importantes! – o aval de um intelectual afeito à poesia: Herculano Pires.

Não! Não se trata de um simples prefácio. Herculano faz de fato um estudo da poesia captada pelo amigo, estabelecendo comparações entre os poetas vivos e depois de mortos, seus estilos, temas etc. E o faz na forma de convocação à crítica literária brasileira, sobre sua responsabilidade perante a literatura mediúnica, da qual se esquivava ou abordava com ironia.

Sobre o médium e o livro Herculano é ainda mais incisivo. Diz ele: "Estabeleceram-se as condições culturais necessárias para que a obra literária paranormal seja encarada em seu valor intrínseco, seja tratada como o objeto de Durkheim, na sua realidade concreta e própria".

Um pouco antes havia escrito: "Os poetas que sobrevivem no seu corpo bioplásmico voltam através da mediunidade de Rizzini para repetirem a façanha mediúnica de Chico Xavier".

As edições posteriores incluem outras opiniões não menos respeitáveis. Da Academia Brasileira de Letras Menotti Del Picchia, que como se sabe não era espírita, confessa seu espanto sobre o Rizzini que conhecia apenas como escritor. E diz: "repete, em mim, o mesmo pasmo e admiração que me causou Chico Xavier quando me apresentou uma antologia poética ditada por aedos mortos". E sobre a qualidade das poesias Menotti não é menos incisivo: "...cada uma dessas criações, como o belo Terceiro Soneto do meu inesquecível e tão querido Guilherme de Almeida, guarda o sabor do seu estro e, talvez, no original a frescura e a umidade da tinta com que foi transportado do céu para esta dolorida terra".

O mesmo alcança outros pares, como Caio Porfirio Carneiro – "...assombrou-me sobretudo a perfeita identidade em escola, estilo, simbologia, visão do mundo e das coisas..." – e chega a diversos espíritas de reconhecida capacidade intelectual, como o português Isidoro Duarte dos Santos, os brasileiros Clóvis Ramos, Alfredo Miguel, Aureliano Alves Neto e muitos mais.

Os outros três livros poético-mediúnicos de Rizzini, de menor fôlego, seguiram a mesma trilha da obra inaugural e contaram sempre com o aval de seu amigo Herculano Pires. Um deles – *Sexo e Verdade* – coassinado por Castro Alves, Guerra Junqueiro e Casimiro de Abreu, eu mesmo cuidei da produção e publicação pela Editora *Correio Fraterno do ABC*, em lançamento de 1980.

MEDIUNIDADE, POESIA E MÚSICA

A produção musical pela mediunidade de Rizzini segue os caminhos da poética. Autores perfeitamente identificáveis em seus estilos e características, diversidade de gêneros etc. Aqui, Rizzini revela-se obstinado em alcançar seus objetivos de tornar conhecida do grande público esta produção. Acompanhei-o em várias ocasiões nas casas de artistas em busca de apoio para a gravação das músicas. Isto lhe dava um trabalho insano, mas sua persistência o levou a conseguir resultados excelentes.

À coragem da persistência pela busca do grande público e consequentemente da crítica especializada somava-se a certeza da qualidade de seu trabalho mediúnico. Rizzini não queria apenas tornar conhecidas as composições dos grandes nomes, mas fazer valer a consciência que as mensagens produzem por trazerem de volta personalidades conhecidas e idolatradas.

Quando me cantarolou entusiasmado (e com pouco afino, é verdade) a marcha *Glória a Kardec*, já estava adiantada a tratativa com o Maestro Cabrerisso, da Banda da Polícia Militar de São Paulo, para a produção das partituras musicais e a gravação do compacto simples que eu lançaria pelo *Correio Fraterno do ABC*. Mais tarde elas seriam incluídas em um dos LPs que Rizzini produziu.

Noel Rosa retornou com muita autenticidade por Rizzini. Sem receio algum, procurou ele pela cantora Aracy de Almeida, considerada uma das duas maiores intérpretes do Noel, na convicção de poder convencê-la a gravar sem remuneração as músicas.

Aracy – disse-me Rizzini – reconheceu que as músicas

só poderiam ser mesmo de Noel, mas queria introduzir algumas modificações para, talvez, tornar as letras mais consumíveis. Rizzini, que a conhecia do antigo programa do Carlos Manga na Record, agradeceu sem ceder.

O estilo musical do compositor era o mesmo, mas sua mensagem adquirira tonalidades espiritualizantes e isso não deve ter caído no gosto de Aracy.

Rizzini foi ter com a viúva de Noel, Lindaura, que ficou emocionada com as músicas, reconhecendo também ali a presença do marido inconfundível. E concordou que as composições fossem gravadas sem nenhuma exigência. Numa breve entrevista para o DVD derradeiro de sua produção mediúnica, Rizzini relembra seu encontro com Lindaura.

Se Aracy de Almeida não gravou o Noel do Rizzini, o mesmo não ocorreu com Ataulfo Júnior. Quando o filho ouviu as composições do pai pelo Rizzini, não só as reconheceu entusiasmado, como também se dispôs a gravar algumas delas. Sem nenhuma remuneração, evidentemente, dadas as finalidades não lucrativas do trabalho. Aliás, Ataulfo Jr. fez mais, ou seja, cantou para sua mãe uma das composições, em que o pai falava do amor eterno que os unira e continuaria na vida do Além. Rizzini considerou a música premonitória, pois dias depois a viúva foi encontrar-se no plano espiritual com o marido...

A modéstia era uma palavra que Rizzini empregava com certa parcimônia. Ele jamais deixou de reconhecer, e algumas vezes o fez de público, que a vaidade era um dos seus dilemas e contra esse sentimento empreendeu verdadeira luta interior. Uma vez comprovada a autenticidade e a qualidade de suas produções mediúnicas, queria ele projetá-las junto às massas. Para isso, elaborava projetos grandiosos e perseguia sua concretização. Destemidamente.

Por outro lado, a vinda até ele das personalidades invisíveis constituía razão a mais para que empreendesse grandes esforços na divulgação da obra. Rizzini reconhecia o esforço dos compositores, esforço que se desdobrava na harmonização perispiritual, na busca pela sintonia, na paciência para com o médium e suas limitações, no trabalho de composição das letras e músicas ao estilo de suas vidas findas etc.

Foi assim que imaginou realizar um imenso festival de músicas mediúnicas e, depois, outros incluindo as poesias mediúnicas. E conseguiu, praticamente só. Movimentou mundos e fundos, mais mundos do que fundos, fez contatos políticos, procurou antigos conhecidos seus ou de parentes, gente da área política, recebeu muitos nãos na forma de dificuldades que pareciam intransponíveis, superou todas as barreiras sempre convicto de uma coisa que gostava de confessar: a espiritualidade auxiliava-o e por isso não esmorecia. Recebia constantemente o combustível mediúnico, fundamental a Rizzini para levar avante os projetos. Os créditos, em grande parte aí, iam para o seu guia espiritual Manoel de Abreu, a quem reverenciava publicamente.

Resultado: em 1982, no mesmo período do VIII Congresso Brasileiro de Jornalistas e Escritores Espíritas de Salvador, Bahia, Rizzini realizou o I Festival de Músicas Mediúnicas. Onde? Nada menos do que no famoso Teatro Municipal de São Paulo. Comprometido com o congresso, não estive presente, o que desagradou imensamente a Rizzini, que contava com minha presença e cobertura jornalística. Mas para compensar solicitei a duas amigas colaboradoras do *Correio Fraterno do ABC* que fizessem o trabalho para o jornal. Depois, rimos muito, pois as moças eram "foquinhas", expressão que no jargão jornalístico indica o profissional iniciante e totalmente imaturo. Rizzini, jocosamente, as denominou "irmãs pamonha". Elas acharam muita graça da situação.

Dizia-me Rizzini que uma das grandes mãos que recebeu nessa ocasião foi do Paulo de Toledo Machado, o criador do Museu Espírita de São Paulo, localizado no bairro da Lapa na capital paulista. De fato, Paulo Machado colocou seu empenho e condições financeiras para tornar o evento do conhecimento do grande público, com excelente divulgação. O Municipal, naquele dia, recebeu lotação completa.

Outros festivais de músicas mediúnicas Rizzini ainda realizaria. LPs e CDs registraram as composições. Um DVD lançado em 2006, que pode ser facilmente encontrado nas lojas virtuais, registra o quarto festival realizado no Teatro Imprensa, de São Paulo um ano antes. Ou seja, aos 82 anos de idade Rizzini ainda tinha fôlego para promover a obra que recebera do invisível...

O ESTILO É O HOMEM.
A PROPÓSITO DOS LIVROS DE RIZZINI

O aforismo de Buffon – "o estilo é o homem" – tem sido objeto de discussão através dos tempos. Até hoje há os que o defendem e os que o condenam. O homem pode criar um estilo através da farsa ou pode construí-lo por convicção. Em qualquer das situações, porém, tomar o estilo de alguém como a revelação de sua essência ou de sua personalidade é de fato um grandíssimo exagero. Basta dizer que o estilo se liga à forma e a personalidade ao conteúdo.

Uma das grandes virtudes do estilo é permitir a identificação da individualidade, que se deixa marcar por modos originais que se repetem na construção de sua obra ou no percurso de sua existência. Nesse sentido, a literatura produzida por Rizzini tem marcas que facilmente a distingue. Era escritor de estilo próprio, como se costuma dizer para diferenciá-lo daqueles outros escritores cujo estilo pode ser enquadrado numa categoria comum.

Confesso que foi o estilo de Rizzini um dos elementos importantes da nossa amizade em seu início. Conhecendo-o à distância e vivendo num ambiente que lhe era particularmente hostil, tinha dele a imagem, não a realidade objetiva. Imagem rabiscada ou caricaturada por autores diversos, cada um deles destacando o aspecto psicológico que lhe parecia marcante.

Uma imagem fixa e única não conta história, diz Martine Joly, mas uma sequência de imagens que guardam entre si relações acaba narrando a seu modo o que representa. Mas o estilo incisivo de Rizzini, a forma como as personagens eram estruturadas, o jeito com que construía as narrativas, as ênfases oportunas, as exclamações distintivas, essas coisas causaram em mim grande admiração. Por isso, passamos muitas noites conversando sobre escritores e fantasmas, às vezes mais fantasmas que escritores, construindo uma relação alheia às circunstâncias adversas.

Essa experiência é suficiente para saber que uma imagem, por mais bela e plástica que seja só poderá ser penetrada pela dominação do concreto, da qual é ela mera reprodução. A imagem tem o poder de gerar julgamentos e estes sempre transitam entre a verdade e a mentira que os contextos podem facilmente fazer aceitar, como regularmente fazem, produzindo mais enganos que certezas, embora estas últimas pareçam predominar.

Tenho, pois, diante de mim o escritor Rizzini, na sua concretude de ator social. Agora é a hora de mostrar aquela *dualidade unitária* de que falei anteriormente. Por que o homem-escritor e o homem-médium não se separam? O que os liga nas duas situações e se mantém indissolúvel, esteja ele vivendo o estado paranormal num determinado instante e a vigília em outro?

Vejamo-lo nesta sua tipicidade, semelhante à de muitos outros casos, mas que não deve ser levada à condição de generalidade.

Rizzini pensou em se tornar escritor pela primeira vez aos 23 anos, como ele mesmo confessa. Está lá na sua *Antologia do Mais Além*. Recordemos que ele disse: "Eu havia deixado a mediunidade pela literatura... Mas hoje sei que as duas em mim já naquela época se completavam...". Ou seja, a mediunidade antecede nele ao escritor, mas o escritor é ainda e como tal médium. Não se trata de uma situação que se encontra presente em todos os escritores, mas em Rizzini é típica.

Mais à frente no mesmo documento Rizzini fará questão de enfatizar o escritor que é: "Nem todos meus livros, porém, têm base mediúnica. Quero, honestamente, deixar bem claro este ponto! Eu, com ou sem os Espíritos, sou um escritor, pouco importa se bom ou mau...". Ou seja, reconhece-se capaz de escrever por decisão própria e com o aporte do capital intelectual acumulado e apurado ao longo das vidas. Uma conquista, como gostava de afirmar no transcurso dos oitenta e quatro anos de vida. E conquista que deve ser atribuída à multiplicidade interexistencial. Ele de fato era capaz. Vejamos, porém, que se repete aqui aquilo que em análise do discurso se enfatiza: uma coisa é o que se quer dizer, outra o que de fato se diz. Num ponto Rizzini reconhece a complementaridade entre o escritor e o médium, noutro ponto tenta separar os dois. Não resta dúvida que o escritor Rizzini pode produzir uma obra literária a partir de sua própria condição intelectual e da bagagem cultural multiexistencial, sem parceria com o invisível, assinando--a com seu nome e sobrenome. Outra questão é a existência do parceiro espiritual apartado de qualquer possibilidade de exercer alguma influência. No caso de Rizzini, estou convencido que isto jamais aconteceu.

É Rizzini ainda quem fala na *Antologia: Escritores e Fantasmas* tem a redação exclusivamente minha, embora a pesquisa seja mediúnica em boa parte". Aparece pois a forma como distingue o escritor do médium: quando é ele que escreve, a criação é sua; quando os Espíritos ditam, a criação é deles. Ou seja, se os Espíritos nada ditam não tem porque pensar em sua participação ou parceria. Esta é a lógica que lhe domina a mente neste instante. Mas não se esqueça de que ele também disse na mesma frase: "...embora a pesquisa seja mediúnica em boa parte". Temos o escritor redigindo, mas também uma contribuição vinda pela mediunidade... Uma influência, portanto!

Na sequência vai revelar Rizzini: "O estilo dos contos que constituem *Beco dos Aflitos* – estilo sincopado e quase oral – é o meu. (...) sozinho também escrevo. Não posso anular uma conquista minha, é evidente. A verdade está acima da vaidade".

O método que Rizzini utiliza para distinguir o escritor do médium é falho ao não considerar alguns aspectos importantes da questão na tipicidade particular do sujeito que Rizzini é.

Não vou me utilizar aqui do argumento, correto em Kardec, que conduz a reconhecer a impossibilidade de detectar a ausência completa das parcerias entre homens e Espíritos em sua realidade concreta. Isso nos conduziria inevitavelmente à generalização. Mas quero deixar claro o seguinte aspecto: a rica máquina intelectual denominada Rizzini era movida por um combustível chamado mediunidade. Quando esse combustível faltava ou não era suficiente na quantidade, a máquina encontrava enormes dificuldades para funcionar. O vigor, a disposição, a determinação, a proliferação de ideias, as soluções de problemas literários, a descoberta de novos projetos, tudo isso era superlativamente aumentado no escritor com o combustível cuja fonte eram os parceiros espirituais.

Rizzini era para mim um típico *escritor mediúnico!* Neste caso, julgo de pouca importância o fato de assinar isoladamente ou em parceria com Espíritos os livros que produziu. Repito, livros que era capaz de escrever sozinho, sem nenhuma dúvida, mas que nessa existência finda contou com o acréscimo das inteligências invisíveis.

Recordemos o seu início: tinha 26 anos quando publicou o primeiro livro – *Carlito e os Homens da Caverna* – livro infantil de sucesso que se confunde com o estilo de Monteiro Lobato. Como resolve escrever o livro? Este é o ponto capital, que se vai repetir sucessivamente em Rizzini. Ele mesmo, nesse caso específico, confessa na sua *Antologia*: "Meu primeiro livro havia sido escrito sob a influência direta do Espírito Monteiro Lobato e eu ignorava!". Lá estava o combustível mediúnico e Rizzini não o percebia. Essa falta de percepção era aumentada pelo sentimento de vaidade que então o dominava, pois queria ser escritor reconhecido entre os maiores. E ele mesmo vai revelar isso, inclusive na entrevista que aparece no DVD de 2006.

Rizzini ignorava também que o combustível mediúnico se encontra presente na realidade cotidiana dos homens? Não, evidentemente, pois conhecia bem a doutrina espírita. Foi por pura inexperiência que assinou sozinho o livro que deu início à sua bem sucedida carreira de escritor? Também não. O texto é de Rizzini, o parceiro espiritual atuava em seus mecanismos psíquicos e lá estava marcadamente presente. Ah! a semelhança de estilos... Ora, se Rizzini adotara o método da fonte da escrita para separar o escritor do médium, então era coerente com esse método.

Mais adiante, o mesmo método é novamente empregado. Rizzini vai escrever a vida de Monteiro Lobato sob a influência do parceiro espiritual e vai assiná-la sozinho. O combustível mediúnico é o ingrediente motivador do escritor. Ele chega na forma de ideias e cria um estímulo às vezes tão forte que o homem, retido em seus limites, não o compreende senão como algo que nasce de dentro de si e se torna não raro irrefreável. Rizzini tem as condições ideais para a escritura do livro, um material cultural próprio, a destreza do escritor notável, mas possui também o canal pelo qual a inteligência de Monteiro Lobato pode penetrar e contribuir. Mais uma vez, Rizzini vai reconhecer o fato. Mais tarde, bem à frente.

A pergunta que sempre me fiz é esta: houve algum trabalho literário de Rizzini que não teve jamais uma presença invisível? Minha resposta é: não! Estamos diante de um típico caso de escritor mediúnico, ou seja, de um homem que sabe escrever muito bem, mas o faz movido pela influência invisível.

Isto é muito curioso, mas não incomum. Escritores como Rizzini costumam produzir incessantemente durante certo período e se tornar completamente improdutivos durante outros. De repente as ideias entram em ebulição e o escritor mediúnico é empurrado para frente, logo a seguir surge o vazio mental e físico. Entre um e outro período acontecem trabalhos promissores, mas que se arrastam por longo tempo, exigindo enorme desgaste intelectual para serem concluídos.

Quando em 1978 mostrei-lhe os originais do meu livro *O Centro Espírita*, o *Eurípedes Barsanulfo* do Rizzini dormia engavetado há bons dez anos. O combustível mediúnico que estimulara o escritor a produzir a biografia estava em seu nível mais baixo...

Rizzini, ainda na sua *Antologia*, refere-se a certa psicografia intuitiva que estava desenvolvendo, mas poderia dizer psicografia inspirativa. Penso que ficaria melhor para os casos em que o escritor assina sua produção intelectual.

Interessa para esse estudo ouvi-lo textualmente: "Minha vida, pois, estava agora dividida entre a literatura leiga e o estudo semanal dos livros de Kardec; prática mediúnica eu havia deixado, embora, sem o saber, estivesse desenvolvendo cada vez mais a psicografia intuitiva ao lado de Monteiro Lobato...".

Como se observa, Rizzini reafirma a presença dos Espíritos na parceria intelectual.

Ainda assim vai produzir outro livro que terá sua assinatura de escritor, talvez o que mais lhe rendeu elogios da crônica especializada: *Beco dos Aflitos*. Em 1957, antes da publicação, o trabalho ganhou o Prêmio Fábio Prado, da União Brasileira de Escritores. Saiu em livro, finalmente, em 1959, pela Editora Civilização Brasileira.

Na *Antologia*, Rizzini o menciona, apenas, e diz que o livro tem "uma história espiritual, mas essa só mais tarde contarei...". Desconheço algo publicado em que fale sobre o assunto. Conversamos muitas vezes a respeito do livro. Nunca negou sua satisfação pela premiação, mas o conteúdo dos nove contos pesava-lhe imensamente sobre os ombros como se o transportasse a uma época de desagradável memória.

O exemplar de *Beco dos Aflitos* que espontaneamente me ofereceu em 1982 traz a seguinte dedicatória: "Ao meu amigo Wilson Garcia, esta lembrança de um tempo que espero não reviver em próximas reencarnações".

O escritor mediúnico fez obra literária de primeira grandeza no *Beco*. A crítica o saúda com efusivos elogios e desde logo dá-lhe assento ao lado de Dostoievski. Herculano Pires, que é também em algumas obras um escritor mediúnico porém de outra linha, fala que Rizzini estava "possuído daquele mesmo fogo demoníaco que consumia Dostoievski, Maupassant, Allan Poe...".

Em minha cidade natal também havia um beco, mas o povo o chamava de Beco das Flores. O de Rizzini é literário e repleto de escuridão, é dos aflitos, um beco de dores terríveis. Do fundo de cada conto brota um odor fétido. Seriam as personagens e suas histórias meras criações ficcionais? Rizzini resolve isso de modo velado na página "Ao Leitor" que a editora coloca nas orelhas do livro. A crítica não alcança o seu sentido, passa batida, quase ingênua. E para isto a engenhosidade do escritor contribui deliberadamente, ao registrar logo nos dois primeiros parágrafos o "traço unitário" da dor a ligar a obra por inteiro.

Já no terceiro parágrafo, Rizzini começa a dar indicações. "Falei em descobertas" – diz ele – "por mim feitas nessas regiões trevosas". Poderia estar falando dos subterrâneos da mente humana, é verdade. Mas ele prossegue: "Realmente. Graças à minha experiência obtive uma revelação surpreendente, das mais importantes: a existência não hipotética, mas real e palpável de inúmeros fantasmas que lutam contra a nossa personalidade, tentando absorvê-la como canibais famintos".

Aqui está a verdade: Rizzini fala dos mesmos fantasmas habitantes das regiões escuras de André Luiz e Herculano Pires, os vampiros animalizados ainda.

Vamos em frente, repassando o escritor que é ainda e apenas escritor. Rizzini prossegue: "Fantasmas com vida autônoma, desligados de quaisquer cordões umbilicais; fantasmas tão poderosos que além de nos governar (muitas vezes sem que o saibamos) são inatingíveis. Pude porém conversar com eles, fizemo-nos amigos, apertamos as mãos, prometemos por um longo tempo não entrar mais em choque. Minha viagem parou no meio, não atingi Deus, mas me sinto bem pago".

Esses fantasmas são os mesmos referidos por Denizard Rivail, com idênticas características, mas o toque ficcional os esconde. O fecho do parágrafo, porém, contém a chave oferecida por Rizzini: "Meu livro narra os encontros com os fantasmas e creio que só as pessoas no espírito adultas poderão compreender, em profundidade, os diálogos abismais por nós mantidos".

É fato que Rizzini vivia em contato com fantasmas e que esses fantasmas, como a dor do *Beco,* se constituirão no traço a interligar todos os seus livros, tipificando o autor como escritor mediúnico. Dos 17 aos 23 três anos os fantasmas vão perturbá-lo intensamente. Ele resolve então expurgá-los, como numa catarse silenciosa. O *Beco* torna-se uma via escura de liberação deles, pelo menos daqueles mais assustadores. Outros, porém, prosseguirão com o autor em sua vida inteira e sempre que lhe parecer oportuno, Rizzini vai falar do lugar dos fantasmas: as trevas.

Uma consciência sobre as regiões trevosas se forma no autor a partir de suas experiências mediúnicas, pessoais, purgativas e sua literatura fará menção constantemente a elas e a seus habitantes, os Espíritos trevosos. Como medida preventiva, numa espécie de contraponto, esta mesma consciência será aliada incondicional de Jesus, trazendo-o para o centro das atenções. Em meio a tudo estará o seu Espírito-guia, Manoel de Abreu, de quem se vê amigo agradecido e inseparável...

Rizzini, a princípio, temia publicar o *Beco*. Guardou as páginas rabiscadas de seres e dores por algum tempo. Viveu o dilema do bem e do mal, da consciência premida pela visão de vida que a espiritualidade conforma, e a realidade do escritor que resolvera ser. Porque ser escritor é como ser pintor: se ninguém houver para ver não vale a pena ser...

Rizzini registrou na dedicatória do meu exemplar do *Beco* sua vontade de não mais retornar àquelas experiências. Não revivê-las significa também não reescrevê-las. Curiosamente, no *Beco*, entre as obras do autor citadas há a promessa de um novo livro que jamais foi publicado. Seu título: *Os Espectros*... O contista hábil e reconhecido remexe-se quase que diuturnamente em sua cadeira à frente da velha e orgulhosa máquina de escrever. As ideias o dominam, o acirram.

O escritor mediúnico não é totalmente dono de si nem do que deve ou não fazer. De repente, por mil razões ou por razão nenhuma, ele se vê a caminhar nos mesmos becos de outrora... Aqui e ali aparece um novo conto. Um deles homenageia os filhos Maria Angélica, Ricardo e Lili ao torná-los protagonistas da história. Lembrar-se-ão dele, os filhos? Pois o conto maravilhoso está publicado no Suplemento Literário de dez de setembro de 1960 do jornal O Estado de São Paulo. Seu título: *O Enterro*.

Anos depois, eis que surge um novo livro. Um dia chamou-me em sua casa e mostrou-me os originais. Dez novos contos, ou melhor, nove, porque o de título Magaly era a reelaboração do conto de mesmo nome presente no *Beco*. Outro conto, de título *A Fuga*, Rizzini havia publicado no primeiro número do Suplemento Literário que havíamos criado no jornal Correio *Fraterno do ABC* em substituição ao caderno infantil Fraterninho. Junto, vieram algumas ilustrações de Celso Pinheiro, que já havia ilustrado com sua pena o livro *Beco dos Aflitos*, do que se depreende que os contos vinham sendo preparados há tempos por Rizzini e à medida que os escrevia entregava-os ao Celso. Este, porém, falecera antes que Rizzini completasse a nova série de contos.

Estávamos em meados de 1996, trinta e sete anos, portanto, depois da publicação do *Beco*. Era verdade, portanto que não conseguira se desligar do gênero e dos temas, como pretendia.

Devia eu preparar a edição do livro. Chamei o amigo Mário Diniz, artista plástico, e encomendei-lhe a capa e as ilustrações que faltavam para alguns dos contos. E naquele mesmo ano, em dezembro, surgiu *O Regresso de Glória* pelo selo Eldorado/EME.

Entre o *Beco* e *Glória* há grande diferença. A dor continua como mola da vida, mas o consolo espiritual a conforma. Cada conto vem precedido de um pensamento, oito de Allan Kardec e dois de Jesus. Na contracapa quis Rizzini repetir, sintomaticamente, os pensamentos elogiosos dos críticos do *Beco*.

Pouco mais de um ano após o lançamento do *Glória*, Rizzini, alegando motivos particulares, resolve fazer nova edição do livro por outra editora. Esta aparece em 1998. Os responsáveis – Nova Luz Editora, de São Paulo – suprimem as ilustrações de Mário Diniz, mantêm as do Celso Pinheiro, mas comprometem-se eticamente. Mandam fazer uma nova arte para a capa aproveitando--se da ideia criada por Mário Diniz na primeira edição. E o pior: de qualidade duvidosa.

A edição, porém, traz uma novidade: um excelente prefácio de Caio Porfírio Carneiro, da União Brasileira de Escritores, também contista e amigo de Rizzini. Caio, que já havia elogiado o *Beco dos Aflitos*, reconhece duas coisas: a evolução do estilo do autor e o conteúdo espírita dos contos, que está explícito em *Glória* sem ser pretensiosamente doutrinante, o que lhe parece uma virtude.

* * *

A tese do escritor mediúnico parece cair por terra diante de algumas produções intelectuais do Rizzini. Antes, porém, de referir-me a elas, convém anotar alguns detalhes e curiosidades.

O escritor mediúnico é um colecionador de ideias para novas produções. O seu espaço e tempo, independente de lugar, está sendo preenchido sempre com novos projetos que lhe parecem originais e plenamente viáveis. As inteligências que o rodeiam, muitas vezes por afinidade intelectual, são o seu combustível. A isto se juntam as ideias que o próprio escritor desenvolve.

Não há livro de Rizzini onde não apareça a promessa de uma nova obra. Eis alguns exemplos de obras prometidas que jamais foram publicadas: *Os Mosqueteiros da Paz, Os Espectros* (já citado), *Viagem ao Planeta Ângius, Trapézio* (contos), *Kattia e a Outra, A Verdade sem Véu* etc.

Quatro obras de Rizzini se inscrevem ainda entre as assinadas pelo escritor, sem parceiros espirituais, a chamarem-me a atenção. São elas: *Caso Arigó, Materialização de Uberaba,* cujo verdadeiro título é *Otília Diogo e a Materialização de Uberaba, Escritores e Fantasmas* (tinha inicialmente por título *Poetas, Escritores e Fantasmas*) e, finalmente, *Kardec, Irmãs Fox e Outros.* São livros que poderiam ser relacionados entre as obras produzidas unicamente pelo autor físico sem a parceria de nenhuma inteligência invisível. Mas volto ao ponto anterior do combustível para inverter a questão para a tese do escritor mediúnico típico de Rizzini.

Em todos eles parece-me clara a presença desse combustível, seja na projeção da ideia do livro, seja no percurso das ações que depois dariam origem a eles, seja, finalmente, na sua escritura.

Para não alongar por demais este estudo, vejamos alguns detalhes. Em *Caso Arigó*, Rizzini confessa que seu interesse pelo médium e, depois, pela sua defesa foi consequência da mão do invisível. "Não lhe parece que estamos sendo dirigidos pelo Alto?", perguntaria ele à esposa Iracema, logo após conhecer Arigó de modo inusitado.

Materialização de Uberaba não guarda menos relação com o invisível que o *Caso Arigó*. Aqui, Rizzini é chamado a entrar na questão por Chico Xavier, que lhe bateu à porta certo dia... Todo o conteúdo do livro reafirma a presença em Rizzini do combustível mediúnico fazendo mover a máquina física e psicológica do ser.

Escritores e Fantasmas, mais uma notável obra de Rizzini – e obra de fôlego, diga-se de passagem – teve a mão invisível de Léon Denis e de outros Espíritos além do guia Manoel de Abreu. O custo psicológico, mental e físico de um livro como este é muito alto para alguém que passou a juventude acuado pelo invisível e, posteriormente, enriqueceu a literatura com o seu dolorido *Beco dos Aflitos*. Não tenho dúvida em afirmar que sem o combustível mediúnico o livro estaria até hoje entre as obras prometidas...

Vejamos agora *Kardec, Irmãs Fox e Outros*, que

me é particularmente simpático por óbvias razões. Como de outras ocasiões, Rizzini chamou-me para mostrar os trabalhos reunidos que pensava dar um novo livro. O material era verdadeiramente uma coletânea de temas diferentes. Havia trabalhos sobre a figura do Codificador que Rizzini sonhara enfeixar em um só volume quando completasse a quantidade necessária. O mesmo ocorria com a mediunidade. Vários escritos ali estavam sendo reservados por Rizzini a um livro inédito sobre os grandes médiuns. Completava a relação estudos diversos.

Sempre que viajava ao exterior a trabalho de divulgação do Espiritismo, Rizzini aproveitava o tempo para realizar pesquisas. A história lhe era particularmente afeta. Gostava de obter documentos raros, de fotografar locais especiais, de conversar com personalidades que pudessem enriquecer as informações. Por exemplo, em 1965, sua viagem aos Estados Unidos da América para divulgar os filmes sobre as cirurgias de Zé Arigó permitiu que, além de apresentar os filmes para plateias selecionadas, compostas de figuras importantes da ciência, também fosse à busca de informações sobre as famosas médiuns Irmãs Fox, fazendo, inclusive, a descoberta da cripta onde foi enterrada uma delas, Margareth Fox.

Esta viagem coincidiu com a dos médiuns Chico Xavier e Waldo Vieira. Rizzini os encontrou em Nova Iorque e esteve com eles em vários locais. De lá mesmo, mandou a Herculano Pires um cartão postal relatando o sucesso dos filmes e os esforços compensadores que estava realizando nessa área histórica.

Pois bem, Rizzini havia pensado em alguns títulos para o novo livro, mas não se decidira por nenhum.

Estávamos conversando sobre o assunto quando me surgiu à mente um nome. Arrisquei: *Kardec, Irmãs Fox e Outros*. Rizzini pensou por breves minutos, pegou do lápis e escreveu o subtítulo: "Temas que espiritualizam e instruem". Coloquei os originais debaixo do braço e três meses depois a obra estava nas livrarias, em edição da Editora EME.

Assim como ocorreu com o livro *O Regresso de Glória*, cerca de um ano depois Rizzini tomou providências para uma nova edição de *Kardec, Irmãs Fox e Outros* por outra editora, justificando motivos particulares. Por essa ocasião, a segunda edição pela EME já estava à venda.

Rizzini informou-me que a DPL Editora e Distribuidora havia se interessado pela obra. Contrato feito, originais entregues, ficou Rizzini aguardando o lançamento que tardava um pouco. Quando, finalmente, a editora lhe entregou alguns exemplares, a grande surpresa. Sem sua autorização e concordância, o título havia sido alterado. Em lugar de *Kardec, Irmãs Fox e Outros* lá estava: *Em Busca da Verdade Perdida no Tempo...*, assim mesmo, com reticências. E um subtítulo obtuso: "Descobertas da história recente do Espiritismo: da missão de Allan Kardec aos dias de hoje". No canto baixo da página quatro, uma estranha nota: "A fim de esclarecer o leitor, informamos que a segunda edição deste livro foi impressa pela Editora EME com o título e a capa exibidos ao lado. Em caso de dúvida, favor entrar em contato conosco. Os Editores".

Rizzini não teve dúvidas: assessorado por um advogado, notificou a editora para suspender a venda do livro, informando que daria início a um processo judicial contra ela. Algum tempo depois, um acordo pôs fim à pendenga e Rizzini deu o assunto por encerrado. O livro, portanto, vendeu alguns poucos exemplares, apenas. Justificadamente, nosso amigo nunca o colocou na sua relação de obras com esse título...

***

Por fim, convém relacionar, principalmente para registro, três opúsculos escritos por Rizzini que não constam de nenhuma das bibliografias ou, como é costume nomear, nas "obras do mesmo autor" que aparecem em seus livros. Refiro-me aos seguintes: *A Arte de Escrever para Crianças*, *A Verdade sobre o Ipê-roxo* e *José Arigó (revolução no campo da mediunidade)*. Em nossas conversas, vez por outra o assunto desses opúsculos vinha à baila e juntamente com ele um pouco das histórias vividas por Rizzini.

Vamos ao primeiro.

A Arte de Escrever para Crianças é um trabalho com o qual Rizzini atende ao compromisso assumido com o II Congresso Brasileiro de Jornalistas e Escritores Espíritas realizado em 1958, em São Paulo. A responsabilidade do evento foi do Clube dos Jornalistas Espíritas do Estado de São Paulo, presidido por Herculano Pires. O tema do congresso era "Missão do Escritor e do Intelectual Espírita". Como se vê, Rizzini resolveu abordar a literatura infantil e seu aspecto ou engajamento doutrinário.

Rizzini vinha então de colher o sucesso de seus livros *Carlitos e os Homens da Caverna* e *História de Monteiro Lobato*, ambos escritos para a infância. A crítica literária era toda elogios ao autor, o que lhe conferia autoridade suficiente para falar sobre a alma infantil e a literatura de qualidade a ela destinada.

Parte do texto faz uma crítica às revistas em quadrinhos, que Rizzini considerava sub-literatura, na linha de pensamento de inúmeros outros escritores da época. Outra parte o autor gasta com uma exposição sobre a literatura de qualidade, explicando que não há facilidade para aqueles que desejam escrever para a infância. Na verdade, afora a parte em que Rizzini aborda a literatura infantil com temática espírita, o texto já havia sido publicado, na forma de análise crítica, na antiga revista "Ilustração Espírita", em seu número 5, fevereiro de 1957, revista esta que contava com a participação de expressivas inteligências do Espiritismo brasileiro. Curiosamente, era impressa em formato de bolso.

A conclusão de Rizzini é a seguinte:

"Sabemos que os temas espíritas, devido às nossas atuais circunstâncias, trazem em si um halo de mistério que poderá perturbar a mente infantil. Mas tudo depende da forma como os abordamos. O sucesso da literatura infantil espírita depende, pois, da arte menor ou maior de seus futuros cultores. E de nada mais".

***

O folheto *A Verdade sobre o Ipê-Roxo* é resultado de uma grande campanha que Rizzini realizou através de seu programa na TV Cultura intitulado *Em Busca da Verdade*. A campanha movimentou praticamente a mídia nacional, pois levou os grandes jornais e revistas do país a pautarem o assunto. Rizzini, amparado por pesquisas da época, divulgava com vigor as propriedades daquela planta medicinal, com notícias e entrevistas de médicos e estudiosos do assunto.

Vejamos este trecho da apresentação do folheto:

"A árdua campanha do "ipê-roxo versus câncer", iniciada e liderada por nós desde fevereiro através da TV Cultura, Canal 2, São Paulo, em nosso programa *Em Busca da Verdade* (programa de debates e entrevistas agora por nós também apresentado na TV Continental, Canal 9, na Guanabara) continua a agitar a opinião pública de todo o país".

Rizzini relaciona os veículos midiáticos que se interessaram pelo assunto:

"Os jornais, sem exceção (O Estado de São Paulo, A Gazeta, Última Hora, Jornal da Tarde, Folha de São Paulo, Jornal do Comércio, O Jornal, O Dia, O Globo, Diários Associados, etc.) manifestaram várias vezes sobre o assunto; outros canais de televisão e emissoras de rádio – secundados pela TV Cultura, fizeram o mesmo, como a TV Record, TV Excelsior, TV Globo e TV Tupi da Guanabara e de São Paulo, em programas de grande audiência; e a revista O Cruzeiro, com duas magníficas reportagens citando o nosso programa...".

Até hoje, o ipê-roxo é considerado uma planta medicinal com diversas propriedades curativas, inclusive em relação ao câncer. Interessante verificar que uma publicação feita na revista da SBPC, "Cientistas do Brasil", de 1998, p. 248, e republicada em 2004 pela Gazeta Mercantil, faz referência às reportagens sobre o ipê-roxo publicadas pela revista *O Cruzeiro*, mas nada diz sobre o início e a manutenção por um bom tempo da campanha feita pelo programa apresentado na Cultura pelo Rizzini. Omissão imperdoável do pesquisador...

Não se pode dizer que a Rizzini se deve o interesse pelo ipê-roxo no Brasil, pois a literatura científica trata do assunto já a partir de certos estudos feitos na Argentina, ocasião em que as propriedades dessa planta eram vistas como positivas para algumas doenças, sem necessariamente referir-se ao câncer. O que Rizzini fez, de fato com muita coragem e mérito foi assumir a sua defesa e divulgação como remédio com efeitos sobre certos tipos de câncer, despertando a consciência brasileira e consequentemente o interesse pelo ipê-roxo. E, acrescente-se, não o fez sem grandes prejuízos morais e físicos, por conta dos médicos reacionários que passaram a combatê-lo. Veja-se, por exemplo, a dedicatória que faz no referido opúsculo: "Ao Dr. Amaro Azevedo, Presidente da Federação Brasileira de Homeopatia, por haver pedido através da imprensa a minha prisão e a Walter Accorsi, a homenagem risonha do autor". Walter Accorsi, espírita e pesquisador das plantas medicinais, foi de grande apoio para Rizzini, sustentando ao seu lado diversas polêmicas em favor do ipê-roxo, em cujas propriedades medicinais acreditava. Falecido em 2005, aos 93 anos de idade, infelizmente as narrativas de sua biografia publicada na imprensa espírita não mencionam esse seu trabalho de grande utilidade para a medicina.

Já o opúsculo *José Arigó – revolução no campo da mediunidade* marca o início do trabalho feito por Rizzini junto ao médium de Congonhas do Campo que depois ficaria famoso no mundo inteiro inclusive com a contribuição das filmagens feitas por Rizzini. Compreende-se que este opúsculo não conste da bibliografia de Rizzini pelo fato de ter-se transformado, posteriormente, no livro completo em que o autor narra os debates realizados na TV e pela imprensa escrita, e toda a sua história com o inesquecível médium.

Uma curiosidade: no opúsculo, Rizzini trata o médium por José Arigó. Já no livro, o tratamento é levado à intimidade: Zé Arigó, nome pelo qual passou a ser conhecido de fato. Todo o conteúdo do opúsculo vai aparecer refundido e desdobrado no livro.

Outra curiosidade é que um ano após a publicação do opúsculo, foi ele traduzido para o espanhol e publicado na Argentina pela Sociedad Espiritista "Pancho Sierra", de Mar Del Plata, num trabalho feito por Hector Tornay.

ARY LEX

A dissimulação é a mentira muda.

E. Fallex

PROTEÇÃO CONTRA AS AMEAÇAS

Não se faz história depois do tempo e não se escreve a história na duração de seu tempo. O tempo da história e o do destino têm essa coisa comum: necessitam ter transcorrido para poderem ser compreendidos e devidamente analisados.

A preocupação com o destino da doutrina espírita surge com sua propagação, amplia-se com sua popularização e se estabiliza após grandes embates. Sabe-se que Kardec, o seu responsável, cuidou desde cedo de prever as dificuldades de manutenção e progresso do Espiritismo ao indicar que a direção coletiva seria o melhor antídoto, em sua visão, para as ameaças do futuro.

A fase mais aguda de discussões sobre o que se convencionou chamar "pureza doutrinária" aparece no período de 1950 a 2000. Foi nesse período de cinquenta anos que ocorreram grandes embates sobre a questão, envolvendo diversas figuras conhecidas do Espiritismo brasileiro e do exterior.

Ary Lex aparece nessa ocasião. Em 2001, ao deixar o mundo físico terreno Lex deixa, também, alguns escritos e livros em que se manifesta sobre temas diversos arrolados sob o título de pureza doutrinária.

Sua visão, contudo, difere da de alguns outros estudiosos e só apresenta em comum com a deles a preocupação em si de proteger o Espiritismo das ameaças do pensamento. Lex, no entanto, apresenta uma coerência de pensamento, embora seja discutível aqui e ali. Essa coerência pode ser vista em relação à sua trajetória de homem que se projeta socialmente na linha do pensamento científico, sem abandonar, contudo, posições doutrinário-espíritas.

Conheci-o cedo na Federação de São Paulo, onde integrou o Conselho por muitos anos. Apesar disso, só estreitamos um pouco mais os laços de amizade pouco tempo antes de sua partida. Tivemos alguns episódios conflituosos ao longo do caminho, que chamaria de naturais em virtude de posicionamento doutrinário. Porém, as afinidades de pensamento eram maiores que as próprias divergências e, acima de tudo, respeitadas por ambas as partes.

O fato é que acompanhávamos o pensamento um do outro onde se manifestassem. Lex fazia, em certa medida, jus ao sobrenome se você imaginar que se pode pensar na linha da legalidade entendendo por legalidade a norma racional e justa resultante de um certo consenso.

Lex o tinha quando se tratava de doutrina: os princípios básicos e seus desdobramentos constituíam para ele a boa norma a ser obedecida. Quando jovem, assumiu posição contestadora de um certo pensamento conservador predominante no meio espírita brasileiro. Quando já também conservador – porque é quase natural ser progressista numa época da vida e conservador na seguinte, sem se aperceber desta realidade – opôs-se ao pensamento novo naquilo que imaginava constituir perigo para a própria doutrina espírita. Mas não direi que esse posicionamento fosse contraditório com ele mesmo e, sim, que foi sua face e imagem de sempre.

O primeiro grande embate que tivemos foi quando do episódio Edson Queiroz, em 1982. Apenas para relembrar os antecedentes da questão, organizei na Federação Espírita do Estado a primeira apresentação de Edson Queiroz fora do Nordeste brasileiro. Lex integrava (e fora um dos seus fundadores e presidentes) a Associação Médico-Espírita de São Paulo (AME-SP).

A AME, por seus dois principais dirigentes na época, Antonio Ferreira Filho e Júlia Prieto Perez, fez cerrada campanha contra Edson Queiroz e Ary Lex, apesar das divergências que possuía na própria AME, embarcou naquela canoa e também se alistou entre os que condenaram Edson.

Não se pode deixar de mencionar que Lex já o fizera no passado recente em relação ao médium Zé Arigó. Na ocasião, também se mostrara refratário às suas intervenções cirúrgicas por meio de instrumentos cortantes e sem o uso de assepsia e anestesia. Lex duvidava da eficácia dessas intervenções, mesmo diante de evidências positivas. Duvidava, também, da eficácia da medicação receitada pelo Dr. Fritz por meio de Arigó.

Herculano Pires, no livro sobre o médium Zé Arigó, registrou criticamente a postura de Ary Lex e combateu-a considerando a opinião favorável ao médium mineiro de outros médicos. A verdade é que a AME, embora nascida de profissionais da medicina e, portanto, pessoas com compromissos com a racionalidade científica, desenvolveu desde muito cedo uma cultura contrária à cura pela mediunidade, o que levou seus dirigentes a precipitação dos julgamentos.

Registre-se, porém, que Lex possuía uma posição equilibrada e diferente dos demais diretores da AME. Quando lhe perguntei se aceitava formar uma comissão mista para avaliar a mediunidade de Edson Queiroz e as curas produzidas pelo Dr. Fritz, Lex acedeu afirmativamente. Mas se levou adiante a proposta, não tive conhecimento.

A questão era complexa. A polêmica já estava nas ruas, colocada primeiramente pela *Folha Espírita*, dirigida pela Dra. Marlene Nobre, também da AME. De parte desta associação, não havia a menor possibilidade de entendimento neste sentido e se Ary Lex, que então já discordava dos rumos empreendidos pela AME, levou o assunto não obteve sucesso.

O jornal *O Semeador* contrapôs-se à *Folha Espírita*. A mesma posição foi tomada pelo *Correio Fraterno do ABC*. O Semeador mudou de rumo, calando-se, após intensa pressão política da AME. *Correio Fraterno*, contudo, manteve-se como tribuna livre de discussão, onde as atitudes da AME eram contestadas pelos oponentes e respondidas, às vezes, pelos diretores da AME. Até que o tema se esgotou.

DE LIVROS E PUREZA DOUTRINÁRIA

Em 1988, Lex publicou seu livro intitulado *Pureza Doutrinária*. Demonstrei minha estranheza pelo livro em artigo no *Correio Fraterno do ABC*. Lex recebeu a crítica com tranquilidade, diferentemente de outros autores. E não respondeu. Tive oportunidade de conversar com ele sobre isso e meus argumentos foram compreendidos então.

A questão parece-me simples. Um livro publicado torna-se uma peça pública, cai no domínio dos leitores e são estes que o vão de fato acabar. Ora, qualquer pensamento divergente deve vir pelas mesmas vias e destinar-se aos mesmos leitores. Não pode ser diferente, a menos que o crítico não possua uma noção clara da sua responsabilidade.

O que motivou a minha estranheza em relação ao livro de Lex foi, entre outras coisas, ter ele passado ao largo de questões importantes para a discussão da pureza doutrinária como, por exemplo, o problema dos passes padronizados introduzidos na Federação Espírita de São Paulo por Edgard Armond, ainda na década de 1950.

Lex não toca no assunto. Sabe-se que era um crítico de Armond e do seu esoterismo. O próprio livro deixa isso claro, mas a questão do passe passa em branco. A razão estaria no fato de Lex ser, ainda àquela altura, membro do Conselho da Federação? Estaria relacionada à edição do livro, publicado pela própria Federação? A omissão fora proposital, portanto?

Nada quis me dizer Lex a respeito. Silenciou. Mas pode-se entender que estas e outras razões se somaram. De fato, ao lançar o livro pela Federação, Lex estava de certa maneira comprometido, senão objetivamente, certamente subjetivamente com os interesses da instituição. Mas estes não se prendiam a Armond, simplesmente, e sua trajetória naquela casa.

Armond fora combatido e muitas de suas ideias sobre o Espiritismo receberam objeções dentro e fora da

Federação. Alguns anos depois de sua saída, depois de comandar a Federação por mais de vinte anos, o currículo dos cursos de médium e de aprendizes do Evangelho, que ele criara, sofreram profundas transformações para expurgar as ideias esotéricas.

Isso, portanto, favoreceu a análise de Lex em seu livro. Ocorre, porém, que os passes padronizados, também resultantes das ideias de Armond, continuaram presentes nas práticas da Federação. Mais do que isso, tornaram-se práticas de grande importância, responsável pelo atendimento em massa da grande quantidade de pessoas que procuram aquela instituição.

Abriram-se, portanto, duas situações distintas, embora contraditórias: as ideias de Armond que a casa recusou permitiam críticas, mas as ideias que ainda vigoravam não. É bem provável que a explicação para a ausência do assunto em *Pureza Doutrinária* seja esta.

Nos últimos anos de sua vida, estive inúmeras vezes com Ary Lex em sua residência no Sumaré, bairro da Zona Oeste da capital paulista. Ao concluir a redação do livro que escrevi em parceria com Eduardo Carvalho Monteiro sobre a vida de Vinicius, levei os originais para que Lex fizesse o prefácio.

Lex convivera com Vinicius e havia escrito sobre ele em uma de suas obras. Ficou muito feliz por poder fazer o prefácio de sua biografia e nem mesmo as posições divergentes que assumimos quanto as causas da conversão de Vinicius ao Espiritismo constituiu-se empecilho para ele. Pelo contrário, Lex considerou ser esta uma questão de fonte de informação. Achava mesmo que eu poderia estar certo, mas manteve sua opinião na obra.

Para que se possa ter uma ideia da questão, Lex

formara opinião de que o português João Leão Pitta fora o responsável pela conversão de Vinicius ao Espiritismo. As pesquisas que eu e o Eduardo fizemos nos indicaram que Vinicius conheceu Pitta somente depois de ter-se tornado espírita. E mais, Vinicius deu emprego a Pitta em sua loja comercial, em momento em que Pitta sofria discriminação na sociedade piracicabana por causa de sua crença no Espiritismo.

***

Algum tempo antes de sua partida da Terra, fui ter com Lex em sua residência, onde conversamos longamente sobre a trajetória do Espiritismo em terras paulistas. Tinha ele ainda uma série de preocupações com a questão da pureza e o futuro da doutrina. A certa altura da conversa, colocou em minhas mãos um material que havia guardado, dizendo: – Tenho certeza de que você fará bom uso disto.

Tratava-se de informações sobre a história da Sinagoga Espírita Nova Jerusalém, com esclarecimentos sobre o significado dos símbolos na forma de animais que existiam na fachada de sua antiga sede. Como se sabe, a Sinagoga, fundada pelo português Antonio Trindade foi uma das quatro instituições que deram origem à USE, em São Paulo, em 1947. Na ocasião fora considerada uma federativa estadual e por isso participou do congresso de unificação como patrocinadora, ao lado da Federação Espírita, Liga Espírita e União Federativa.

A desencarnação de Ary Lex ocorreu em 29 de junho de 2001.

REFERÊNCIAS BIBLIOGRÁFICAS

CONSELHO FEDERATIVO, *Resenha*. Ed. FEB, Rio de Janeiro, 1928.

FEESP. *Administração Religiosa*. Edição DF, São Paulo, 1975.

GARCIA, W. *Kardec é Razão*. Edições USE, São Paulo, 1998.

_____ *O Centro Espírita*. Editora Nova Ação, São Paulo, 1978.

_____ *O Corpo Fluídico*, Edições Correio Fraterno do ABC, S.B.do Campo, SP, 1981.

_____ *Sinal de Vida na Imprensa Espírita*. Edições Eldorado / EME, Capivari, SP, 1994.

_____ Espiritismo Cultural. Ed. Eldorado/EME/Abrade, Capivari, 2004.

MASUCCI, F. Dicionário de Pensamentos. Ed. Leia, 2ª, São Paulo, 1946.

RIBEIRO, G. Trabalhos do Grupo Ismael. Ed. FEB, Rio de Janeiro, 1941.

JOLY, M. *Introdução à Análise da Imagem*. Papirus Editora, 8ª, São Paulo, 2005.

RIZZINI, J. *Beco dos Aflitos*. Editora Civilização Brasileira, São Paulo, 1959.

_____ *Antologia do Mais Além.* 2ª ed., Edições Feesp, São Paulo, 1979.

_____ *J. Herculano Pires, o Apóstolo de Kardec.* Editora Paideia, São Paulo, 2001.

_____ *O Regresso de Glória.* Coedição Eldorado / EME, Capivari, São Paulo, 1996.

_____ *Castro Alves Fala à Terra.* 2ª ed., Editora Instituto Maria, Juiz de Fora, MG, 1987.

_____ *Sexo e Verdade.* Edições Correio Fraterno do ABC, S.B.do Campo, SP, 1980.

_____ *Eurípedes Barsanulfo, o Apóstolo da Caridade.* Edições Correio Fraterno do ABC, S.B. do Campo, SP, 1979.

_____ *Caso Arigó.* Editora Supertipo, São Paulo, 1963.

_____ *Kardec, Irmãs Fox e outros.* Editora EME, Capivari, SP, 1996.

_____ *Em Busca da Verdade Perdida no Tempo.* Ed. DPL, São Paulo, s/d.

_____ *Escritores e Fantasmas.* Editora Difusora Cultural, São Paulo, s/d.

_____ *Otília Diogo e as Materializações de Uberaba.* Editora Cultural Espírita, São Paulo, s/d.

_____ *Guerra Junqueiro no Aquém e no Além.* Editora Instituto Maria, Juiz de Fora, MG, 1995.

_____ *A Terceira Revelação. A Visita.* Nova Luz Editora, São Paulo, 1999.

_____ *José Arigó – revolução no campo da mediunidade.* Edições Kardequinho, São Paulo, 1961.

_____ *A Verdade sobre o Ipê-roxo (e suas aplicações).* 2ª edição, Editora Gráfica Santo Antonio, São Paulo, 1967.

_____ *A Arte de Escrever para Crianças.* Edições Kardequinho, São Paulo, 1959.

OBRAS DO AUTOR

Ao Cair da Tarde – Momentos de Paz
Barroso, 90 Anos (Pequenas Crônicas para uma Grande História)
Cairbar Schutel, o Bandeirante do Espiritismo (com E. C. Monteiro)
Chico, Você é Kardec?
Entre o Espírito e o Mundo
Espiritismo Cultural – Arte, Literatura, Teatro
Estratégia, Linguagem e Informação
Imprensa na Berlinda (com Norma Alcântara e Manuel Chaparro)
Kardec é Razão
Médicos Médiuns (opúsculo)
Mensagens de Saúde Espiritual
Muito Além das Sombras (a sair)
Nosso Centro - Casa de Serviços e Cultura Espírita
O Centro Espírita
O Centro Espírita e suas Histórias
O Corpo Fluídico
O Destino de Lorde Arthur Saville (O. Wilde – tradução e interpretação)
O Fantasma de Canterville (O. Wilde – tradução e interpretação)

Sinal de Vida na Imprensa Espírita (com Eduardo C. Monteiro)
Uma Janela para Kardec
Vidas – Memórias e Amizades
Vinicius - Educador de Almas (com Eduardo C. Monteiro)
Você e a Obsessão
Você e a Reforma Íntima
Você e o Passe (com Wilson Francisco)
Você e os Espíritos

Traduções

Cérebro e Pensamento, e outras monografias (Ernesto Bozzano)
Herculano Pires, Filósofo e Poeta (H. Mariotti/Clóvis Ramos)
Victor Hugo Espírita (Humberto Mariotti)

NÃO ENCONTRANDO EM SUA LIVRARIA, PEÇA PARA:
EDITORA EME (19) 3491-7000 - editoraeme@editoraeme.com.br
OU VÁ AO SITE: www.editoraeme.com.br